のとっちめ灸

金子成人

幻冬舎時代小説文庫

小梅のとっちめ灸

DTP　美創

目次

第一話　お薬師の灸

一

障子を染めていた夕日の色が、いつの間にか色褪(あ)せている。

日が沈んで四半刻(しはんとき)（約三十分）ばかりが経った頃おいだから、外はまだ暮れ切ってはいない。

日本橋小網(こあみ)町三丁目の行徳河岸(ぎょうとくがし)にある船宿の一室は、静かだった。

大川を行き交う船の櫓(ろ)の音が二階の一室に届き、火鉢に掛けられた鉄瓶からは、ちんちんと湯の弾ける音がしているだけである。

閉め切られた一室に、艾(もぐさ)の煙が立ち込めていた。

「この匂いじゃ、灸を据えたってことがすぐに分かっちまうねぇ」

上半身を露わにしてうつ伏せになっている男が、そう言って、小さく笑った。

「夏や秋の初めごろまでなら窓を開けて煙を外に逃がすんですが、冬ともなると寒さがこたえますから」

そう答えた灸師の小梅は、男の腰に置いた艾に線香の火を点けた。

艾から煙が出始めると、ほんのわずかで燃え尽きる。小梅は灰をはらうとすぐ、同じところに艾を置いて火を点ける。

これを何度か繰り返してから、別のツボに灸を据えていくのだ。

「お前さんの灸据所は、『薬師庵』って看板だそうだが、薬師っていうのは、薬師如来の薬師かね」

「さようで。薬師如来というのは、人を病苦から救う仏様ですから、それにあやかろうと思いまして」

「お前さんが名付けたのかい」

「いえ。おっ母さんも灸師をしてますので」

「なるほど」

そう言うと、男は顔の向きを変えた。

灸の療治を施すのは日本橋にある家が主なのだが、依頼されれば客の家や船宿に出療治に行くことも珍しくはない。

行徳河岸にあるこの船宿に呼ばれたのは初めてのことだった。

うつ伏せになっている四十に手の届きそうな男も、初めての客である。

「そこは、なんていうツボだい」

「腰のツボで『膈兪』といいます。さっき据えたところが、尻と腰の間のツボで『殿圧』です」

答えながらも、小梅は手際よく灸を据えていく。

手古舞の芸者が穿く裁着袴よりも細身に仕立てたものを穿いている小梅の尻の辺りに、何かが触れている。

「お前さんのような若い灸師だと、男は我慢がならないのじゃないかねぇ」

笑いを含んだ声を出した男は、腰の方を向いて灸を据えている小梅の尻を無遠慮に撫でまわし始めた。

「お客さん」

小梅はやんわりと窘(たしな)めたが、

「どうだい、このままわたしの相手をするというのは」

うつ伏せになっていた体を捻(ひね)った男の手が、小梅の身八つ口(みやつぐち)に差し込まれた。

「いい加減になさいよ」

座ったまま体を捻った小梅は、差し込まれた男の手首を摑んで畳に置き、片膝で押し付ける。

「イタタ」

男は声を上げたが、小梅は構わず、押さえつけた男の手の甲に大きめの艾を置くと、素早く線香の火を点けた。

男は不安そうな声を上げて身をよじったが、小梅は男の手首を片膝で押さえ、背中は片手で押さえつけて動きを殺している。

「なにをしてるっ」

男は、押さえられた手を外そうともがく。

「灸を据えております」

「そ、そ、そこは、なんのツボだ」

「人を舐めたようなことをした時に据える、罰当たりの灸です」

小梅がそう言うと、男は激しく身もだえし、

「アチアチアチッ！」

悲痛な声を上げた。


昨日から、秋から冬に季節は移り替わった。

替わったのは暦の上のことだけだと高をくくっていたが、朝晩はかなり冷えるようになった。

月が替わった十月の最初の亥(い)の日は『玄猪(げんちょ)』といって、子孫繁栄を願う武家には大事な日なのだが、町家の者たちにとっては、牡丹餅(ぼたもち)を食べたり炬燵(こたつ)や火鉢を出したりする日だった。

十月二日のこの日、六つ（六時頃）に目覚めた小梅は、いつもの朝よりも冷気を感じて、思わず身震いをしてしまった。

季節の移り替わりに気を配った先人たちの言い伝えや習わしというものは侮(あなど)れないなと、つくづく思いしらされる。

早朝からの用事がない時でも、小梅はいつも六つには起きて朝餉(あさげ)の支度に取り掛かる。

隣室に寝ている母親のお寅(とら)のことは、端(はな)から当てにしていない。

朝からうっかり頼みごとをしてしまうと、

「あたしは、お天道様が顔を出してから起きることにしてるんだ」

などと、妙な講釈を聞かされることになる。

六つ半（七時頃）を少し過ぎた時分に母子揃って朝餉を摂り終えると、俄(にわか)に慌ただしくなるのがいつものことである。

小梅が台所で洗い物をしている間にお寅は火を熾(おこ)し、戸口の横の、灸を据える場にしている四畳半の部屋に火鉢を置き、待合所にもなる居間の長火鉢に炭火を置く。

それらが済むと、お寅は療治場に灸の道具を揃え、小梅は家の表を掃いて水を撒(ま)き、やって来る療治客に備える。

小梅が、通りに面した戸口の脇に掛かっている看板を、乾いた雑巾(ぞうきん)で拭くと『灸据所　薬師庵』の一日の始まりとなる。

「おはよう」

いつも顔を見かける納豆売りから声が掛かり、

「おはよう。おじさん、売れたかい」

小梅が返答すると、

「おかげさんでね」

と、天秤棒をゆらしながら浜町堀の方へと去って行った。

『灸据所　薬師庵』の看板の掛かった小梅の家は、日本橋高砂町にある。

高砂町を含む駕籠屋新道、難波町界隈は、以前、吉原といわれていた遊郭があった場所である。

明暦三年（１６５７）に、江戸城の本丸をはじめ、市中の大部分を焼失した大火事で吉原も灰燼に帰し、その後、千束の日本堤に移って、新吉原とも北里とも呼ばれ、高砂町界隈は、元吉原と称されることになった。

『灸据所　薬師庵』は浜町堀に架かる高砂橋から通りを西へ向かって三軒目にある。

家の前の通りを西へ向かえば、市村座と中村座のあった葺屋町や堺町へと通じる。

だが、その二座も近隣の町も、一年前の天保十二年（１８４１）十月の火事で焼け落ちた。

戸を開けて家に入りかけた小梅は、高砂橋にふっと眼を留めた。

股引を穿き尻っ端折りをした姿の、日に焼けた五人ほどの男たちが、紙を手にした男に付いいて、堀端を東の方へ向かって行った。

稲刈りを済ませた百姓衆が、江戸見物に訪れるのも、例年この時期のことである。

灸の療治場にしている四畳半の部屋は、大分暖かくなっている。

部屋に入ってきた小梅は、火鉢に掛けられた鉄瓶から湯気が立ち昇っているのを見、部屋の真ん中に置かれた炬燵の中に手を差し入れて、温みが満ちているのを確認すると、

「よし」

小さく頷いてその場に膝を揃え、小さな道具箱を手元に引き寄せた。

艾、線香、艾の燃えカスを掃く小さな刷毛などが揃っているかどうか、三段の引き出しを開けて確かめる。

仕事に掛かる前には必ず行う手順である。

この部屋は、もともと父親の藤吉の仕事部屋だった。

市村座の床山(とこやま)をしていた藤吉の仕事場は芝居小屋の中にあったが、ここは芝居で使う鬘(かつら)に工夫を凝らしたり、新作の鬘作りを考えたりする場にしていた。

だが、五十になったばかりの藤吉が死んでから一年が経ったいま、床山だった父親の名残は、もはやこの部屋には窺(うかが)えない。

すっかり『灸据所　薬師庵』の療治場になっている。

「小梅ぇ、茶が入ったよ」

居間の方から、お寅の声がした。

「分かった」

返事をすると同時に腰を上げた小梅は療治場を出ると、廊下を二、三歩進んだ先にある居間へと足を踏み入れた。

長火鉢を前に座っていたお寅が、猫板(ねこいた)に並んでいた湯呑のひとつを、小梅の方に近づけて置く。

「ありがと」

声を掛けた小梅は、長火鉢を挟んでお寅の向かいに腰を下ろし、

「いただきます」

湯呑を口に運んだ。

小梅の向かい側でお寅は悠然と茶を啜っているが、壁の神棚の下は、生前の藤吉が座る場所だった。それなのに、お寅はいつの間にかその場に陣取っていた。

微かに鐘の音が届いた。

五つ（八時頃）を知らせる、日本橋本石町の時の鐘である。

『灸据所　薬師庵』の始業の刻限でもあった。

「今日は、朝から来るっていう客はいたかね」

お寅が口を開く。

「向こうで帳面見ればわかるけど、たしか、四つ半（十一時頃）に豆腐屋のお滝さんが来るはず」

「暇だね」

お寅は、素っ気ない声を出すと、ズズと茶を啜る。

湯呑を口に運びかけた小梅は、お寅を見た。

「わたし、今日、昼から出かけることは分かってるよね」

「どこへ行くんだい」

「おっ母さん、やっぱり忘れてる」

「あたしが物忘れをしたような言い方はないだろう。お前が言い忘れたってこともあるじゃないか」

「ない。なんなら、療治場の日めくりを持ってこようか」

　小梅が腰を浮かしかけると、

「いいよ。分かったよ」

　自棄(やけ)のような物言いをしたお寅は、座れとでもいうように、伸ばした手を上下させた。

「それで、どこに行くんだい」

　腰を落ち着けた小梅に、お寅はぞんざいに問いかけた。

「浅草黒船町の料理屋『錦松(きんしょう)』さん」

「ふん。自分一人だけ美味いものを食べようって寸法だね」

「なに言ってんのさ。『錦松』の娘さんの月琴(げっきん)の稽古じゃないか。もう、かれこれ半年も通ってるんだから、いい加減覚えておくれよ」

　今年四十六になった母親にため息を交えて言い聞かせ、さらに、

「昼からはおっ母さん一人で療治することになるけど、ちゃんとやっておくれよね。いつかみたいに、忙しいからといって、勝手に『やすみます』の札を戸口にぶら下げられちゃ困るんだよ。そんなことしてたら、お客の信用を失うことになっちまうじゃないか」

小梅が厳しく釘を刺すと、お寅は不満げに口先を尖らせた。

捨て鐘が三つ撞かれた後、正刻の五つの鐘が撞かれ終わるとすぐ、出入り口の戸が開け閉めされる音がした。

「おはよう」

弱々しい男の声がした。

「なんだい、あの情けない声は」

お寅は長火鉢の縁に両手を突いて腰を上げ、小梅の説教を断ち切るようにそそくさと戸口へ向かう。

小梅も急ぎ腰を上げて、お寅の後に続いた。

三和土には、女房の肩に摑まって立っている車曳きの権八の姿があった。

「そのざまはなんだい」

お寅がぞんざいな口の利き方をした。

「今朝、出がけに長屋のどぶ板を踏み外して、腰を痛めたんですよぉ」

女房がそう言うと、

「板が腐ってやがったんだ」

権八は情けなさそうな声を洩らした。

「とにかく、療治場に」

小梅は裸足のまま三和土に下りて、空いている権八の片方の肩の下に自分の肩を差し入れた。

「おっ母さん、まず療治場の障子を開けておくれ」

「うん」

お寅は小梅の指図を素直に聞いて、障子を開けた。

「そしたら、おっ母さんわたしの手を持って、一、二の三で、引っ張り上げるんだよ。いいかい」

「分かった」

「それじゃお松さん、一緒に上がりますよ」

権八の女房に要領を伝えると、

「一、二の、三」

小梅の発声で、お寅が小梅の手を引くと同時に、お松と足を揃えて、権八を三和土から担ぎ上げる。

するとお寅は気を利かせ、療治場に入って畳の上に薄縁（うすべり）を延べた。

小梅とお松は療治場に権八を担いで入り、薄縁の上にゆっくりとうつ伏せに寝かせた。

「ウウウ」

権八の口から、小さな呻（うめ）き声が洩れ出た。

二

料理屋『錦松』は、大川の西岸、浅草御蔵（おくら）から北へ一町（約一一〇メートル）ばかり行った浅草黒船町にあった。

浅草御蔵には、荷船が出入りする入り堀が一番堀から八番堀まであって、諸国から運ばれてきた米や穀物を置いておく大きな蔵が無数に立っている。

従って、御蔵の近くには米問屋や穀物問屋などが軒を連ねている上に、人が集まる浅草寺も近いということもあって、『錦松』は界隈でも指折りの料理屋だという評判だった。

九つ半（一時頃）に『錦松』に着いた小梅は、料理屋と棟続きになっている、主一家の住居に通されて、娘の利世に、およそ半刻（約一時間）ばかり月琴の指南を続けていた。

中国から渡来した胴の丸い月琴は、四本の弦で弾く。

音色が琴に似ていることからその名がついたと聞いている。

だが、小梅の本業はあくまでも灸師である。

物心ついた時分から、父の仕事場である芝居小屋に出入りしているうちに、殺陣のひとつである棒術や、囃子方の鳴り物も、知らず知らずのうちに身に付けていた。

鳴り物には三味線や薩摩琵琶もあったが、小梅が惹かれて覚えた月琴は、今では人に教えられるほどの腕前になっている。

「お師匠様、うちのあとは、いつも通り室町の呉服屋さんでの稽古にお出でになるんですか」

月琴を引く手を止めた利世が、窺うように小梅を見た。

「今日は、向こう様の都合で、稽古は日延べになったのよ」

小梅は、今年十八になった利世に笑みを向けた。

月琴の稽古は連日あるわけではないが、本業の灸据えに支障を来すとお寅になにを言われるかもしれなかった。従って、月琴の稽古のある日は一日に二か所を回るようにしている。

「だったら、夕刻六つ（六時頃）までうちにいてくれませんか。というのも、猿若町の市村座の芝居見物に行ってる親戚や知り合いがここに立ち寄って、料理を食べることになってるんです。その席に、お師匠様もお招きして、伯父や知り合いにお引き合わせしようかと思うんです」

月琴を畳に置くと、利世は小梅の方にツツと膝を進めた。

「それはありがたいお申し出だけど、その時分には『薬師庵』に戻らないといけないのよ。ほら、出職の職人たちが、仕事帰りに灸を据えに飛び込んで来ることもあるからね」

「あぁ。なるほど」

利世は大きく頷く。

小梅が口にしたのは嘘ではなかったが、仕事帰りの職人たちをお寅一人に任せるとなると、後が怖い。

年取った母親一人に仕事を押し付けて、娘一人、浅草の『錦松』で極上の料理を口にしたと、近所に触れ回るに違いないのだ。

八つ（二時頃）の鐘が鳴り終わってしばらくすると、

「利世さん、ごめんなさいまし」

部屋の外から女の声がした。

「なぁに」

利世が立って障子を開けると、小梅も馴染みの女中のお里が、廊下で膝を揃えていた。

「例の髪結いさんが、来てますが」

お里は、辺りを憚るような小声で告げた。

「じゃ、ここに通して」

「はい」

お里は、利世の声を聞くとすぐ立ち上がり、その場を離れた。

「それじゃ、わたしはこれで」

小梅は、畳に置かれた月琴と撥を布の袋に納め始めた。

柳染に黒い蜻蛉柄を散らした袋は、小梅の手作りである。袋の口を縛り、背中に負うと、斜めに掛けた帯を胸の前で結んだ。

「戸口までお送りしますね」

そう言うと、利世は小梅の先に立って部屋を出た。

廊下は、料理屋の裏手にある住居の出入り口に続いている。

「あら」

角を曲がった利世が、小声を上げて足を止めた。

行く手に現れたのは、お里と、その後に続く若い女だった。

「お師匠様、こちらは、髪結いのお園さん」

利世は声を低めて引き合わせると、

「こちらは、月琴の指南をお願いしている、小梅様」

お園に引き合わされた小梅が小さく会釈をすると、

「このことはどうか、ご内密に」

お園が、手に提げている風呂敷包みを少し持ち上げた。

「お園さん、お師匠様は口が堅いから心配いりませんよ」

利世の言葉に応じるように、小梅は頷き、

「戸口までは一人でもたどり着けますから、利世さんはどうぞお部屋へ」

「それじゃお言葉に甘えまして」

利世は小梅に軽く一礼すると、お園とお里の先に立って奥へと向かった。

お園が下げている風呂敷包みの中は、その形から、おそらく髪結いの道具箱だと思われる。

奢侈(しゃし)は厳しく取り締まるべしとして、女の髪結いは禁止という沙汰が出ているご時世(じせい)なのである。

料理屋『錦松』を出た小梅は、大川の下流の方にある御蔵へ向けた足を、ふと止めた。

上流を振り向くと、一呼吸置いた後、思い切って浅草寺の方へと足を向けた。

浅草寺と、その東側にある待乳山聖天宮(まつちやましょうでんぐう)の間に、この四月、幕府の命によって新たに猿若町という町が、一丁目から三丁目まで作られていた。

そこは、昨年の十月、日本橋堺町や葺屋町にあった、芝居小屋、操(あやつり)人形芝居の小屋などが火事で焼失したため、その代替地として与えられた場所であった。

今年の八月には、操人形芝居の結城(ゆうき)座が猿若町で初の興行を打ち、九月には一丁目の中村座、そして市村座もほぼ一年ぶりに芝居興行の幕を開けていた。木挽(こびき)町にあった河原崎(かわらざき)座は火事には遭わなかったものの、追って猿若町に移るということは、小梅の耳にも届いている。

芝居興行が再開したことは知ってはいたが、小梅はまだ一度も猿若町に足を運んでいなかった。

市村座の床山だった父は、昨年の火事で命を落とした。

その火事で人生を変えざるを得なかった町人や芝居の連中が多くいたことを知っている小梅は、再開を喜びながらも、一方では、ほんの少し、胸のつかえもあった。

だが、そろそろ芝居町の様子を見てみたいという誘惑に駆られてしまった。

駒形堂を過ぎ、大川橋の西の袂を通り過ぎるころ、小梅の足運びは、さらに速さを増した。

浅草山之宿町の九品寺の先を左へ折れたあたりからが、猿若町であった。

小梅は、一丁目にある中村座を通り抜け、二丁目の市村座の前に立った。

一丁目から三丁目の方まで、町を南北に貫く通りに人の賑わいがあった。

木戸口のある正面の間口はおよそ十一間（約二〇メートル）もある。

見上げれば、『櫓』があり、一階の屋根の上には役者の名前を入れた招き看板や芝居の一場面を描いた絵看板が並び、役者の声色を真似たりしながら、演目の中身を面白おかしく演じて見せる木戸芸者に、行き交う人々が足を止めている。

猿若町は浅草寺からも近く、参拝の者や、奥山で遊んだ行楽の者たちが流れ込むという地の利もあって、一帯は混み合っている。

芝居小屋の通りには、多くの芝居茶屋や料理屋、立ち食いの屋台などもあって、芝居を見物しない人たちでも楽しめるというのも、堺町や葺屋町と変わりはなかった。

小梅は、木戸口のある正面から建物の脇へと入り込み、裏手の楽屋口へと向かう。

だった。

楽屋の入り口近くに置かれた縁台に腰掛けて、将棋を指していた楽屋口番の玉助（たますけ）

いきなり男の声が掛かった。

「なんだい、小梅ちゃんじゃないか」


「おじさんたち、お久しぶり」

頭を下げると、もう一人の楽屋口番が、

「もうそろそろ顔を出すんじゃないかと、みんなで言ってたんだぜぇ」

楽屋口の奥を指さした。

「中は今、大忙しだろうね」

小梅が恐る恐る窺うと、

「まぁそうだが、なぁに構やしねぇよ。太夫元（たゆうもと）に顔を見せてやんなよ。喜ぶぜ」

「それじゃ、入らせてもらうよ」

玉助に勧められた小梅は、笑顔を見せて楽屋口から小屋の中に入り込んだ。

舞台の方からは下座（げざ）の音曲とともに役者の張り上げる台詞（せりふ）も届く。

市村座の役者の数は、中村座と同じくらいの六十人ほどだが、頭取衆、狂言作者、囃子方、大道具などの裏方は、両座とも二百人を超える大所帯である。

誰か一人に挨拶に行って、他の人の所に行かなかったとなると差障りがあるので、小梅は、亡き父に所縁の床山の部屋にだけ顔を出すことにした。

「皆さん、芝居興行の再開、おめでとうございます」

床山の部屋に入るなり、小梅は両手を突いて祝辞を述べた。

「おぉ、小梅ちゃん、よく来てくれたな」

鬘を梳いていた年長の磯五郎が手を止めると、道具の掃除をしていた他の床山の二人からも頭を下げられた。

「おじさん、場所は変わったけど、小屋が出来てよかったね」

死んだ父親より二つ年上の磯五郎に声を掛けると、

「そりゃありがたいことだが、おれは、藤吉がここに居ねぇというのが、なんとも悔しくってしようがねぇんだよ、小梅ちゃん」

磯五郎は亡き父の名を口にした。

「あぁ。ほんとだね。お父っつぁんにしても、この髪油の匂いのするここで、仕事をしたかったと思うよ」

小梅が努めて陽気な声を張り上げると、若い床山の二人が首を折るように大きく頷いた。

「今年、小梅ちゃんはいくつになったね」

「ふふふ、行き遅れの二十三よ」

「いいさ。藤吉が居なくなった上に、お前さんが嫁に行ったら、お寅さんが一人になる。いくら気丈夫とはいってても気が抜けるかもしれねぇ。どうだい。おっ母さんは達者にしてるのかい」

　磯五郎から問いかけられると、

「はい。達者も達者、口が達者で困ってますよ」

　小梅は、大げさな物言いをした。

「うん。それで安堵したよ。お寅さんが沈んでいちゃ、どうしようもねぇ。来月の顔見世には顔を出すよう言っといてくんな」

「分かりました」

　小梅は、磯五郎から向けられた思いやりの言葉に、深々と頭を下げた。

猿若町二丁目の市村座を後にした小梅は、一丁目の中村座前に差し掛かったところで、ふと足を止めた。

木戸口とは道を挟んだ向かい側にある商家の軒下で、中村座の絵看板を見上げている頬被り（ほっかむ）りの男に眼を凝らした。

「清七（せいしち）さん」

恋仲だった男の名を口の中で呟（つぶや）くと、小梅は人混みを掻（か）き分けるようにして、頬被りの男の方に足を向けた。

その途端、頬被りの男は踵（きびす）を返して大川の方に歩き出す。

人の流れに阻（はば）まれそうになりながらも、月琴の袋が人に当たらないようにしながら、小梅は進む。

やっとのことで頬被りの男に迫ると、思い切ってその袖口を摑んだ。

「なんだい」

驚いて立ち止まった男が、小梅を見て眉をひそめた。

「これは、とんだことを。人違いでした」

男の袖を放した小梅は、深々と腰を折り曲げた。

しかし、男はなにも言わずに、足早に人混みの中に紛れて行った。

「はぁ」

声を出して息を吐き、小梅は大川の方へ、ゆっくりと歩を進めた。

永代寺門前東仲町の料理屋での出療治を済ませた小梅は、富ヶ岡八幡宮を背にして、二ノ鳥居を潜った。

深川の海のすぐ上に、冬の月が冴え冴えと光っていた。

刻限は六つ半（七時頃）を少し過ぎた頃おいである。

午後から月琴の稽古に出かけたついでに猿若町の市村座を訪ねた後、小梅は急ぎ、日本橋の我が家に立ち帰っていた。

『灸据所　薬師庵』の療治場に客はおらず、鉄瓶の湯気の立つ火鉢の傍で、お寅が船を漕いでいた。

「お前、一息入れたら深川に行っておくれ」

お寅は、小梅が揺り起こすと、いきなりそう命じたのだ。

ほんの少し前、深川の料理屋から使いが来て、灸の出療治を頼まれたという。

永代寺参拝の帰り、料理屋に上がった客が足を痛めたので、灸を据えに来てもらいたいということだった。

深川には、よほどの馴染みでなければ出療治はしないとはったりをきかせたのだが、

「頼んでるのは『春月』の作兵衛さんだっていうからさぁ」

馴染みの頼みだから、受けざるを得なかったのだとお寅は弁明した。

作兵衛というのは、高砂町から四町（約四四〇メートル）ばかり北にある通油町の菓子屋『春月』の隠居で、『灸据所　薬師庵』の顧客の一人だった。

今夜は泊まることになった作兵衛を残して料理屋を後にした小梅は、馬場通を横切って大島川の方へと足を向けた。

久しぶりに深川までやって来た小梅には、行くところがあったのだ。

大島川とも二十間川とも呼ばれる川に架かった蓬莱橋を渡ると、そこは深川佃町である。その角地に立つ居酒屋の戸口の脇に、『三春屋』と記された掛け行灯がぼんやりとともっている。

道具箱を下げた小梅が戸口に近づいた時、いきなり戸が開いて、三人の職人風の

男たちが飛び出してきた。

「またのお越しを」

開いた戸口から顔を突き出した千賀（ちか）が、去って行く男たちの背中に声を掛けると、

「あら、珍しい」

突っ立っている小梅に、笑みを向けた。

三

居酒屋『三春屋』から客の姿が消えると、女将の千賀と手伝いの老爺（ろうや）である貞二郎（さだじろう）は、空いた器などの片付けに取り掛かり、入れ込みと板場を何度も往復していた。

小梅が店の中に入った時には、まだ三、四人の客がいたのだが、瞬く間に帰って行ったのだ。

「なんだか、わたしが貧乏神になったようだから、手伝わせてよ」

「いいのよ。療治の帰りなんだから、座ってお待ち」

千賀はそう言うと、皿や徳利（とっくり）などを載せたお盆を抱えて板場に運んでいく。

「うちはさぁ、この刻限になると一旦客は引いて、また波が来るのよ。ほら、深川にはあちこちに岡場所があるじゃないか。そこで遊んだ帰りに、立ち寄って飲む人がいるもんだからね」

板場から届く千賀の声に、小梅は「なるほど」と胸の中で呟いた。

「そんな客の相手をしたから、昨夜はつい店じまいが遅くなってしまって」

「お千賀さん、今日は早じまいしようじゃないか」

そう言いながら、空いた器を板場に運び入れた貞二郎が、

「常(つね)さん、小梅ちゃんに酒と肴を頼むよ」

料理人に声を掛けてくれた。

「へい」

常次(つねじ)という顔馴染みの料理人の陽気な声が、入れ込みの框(かまち)に腰掛けている小梅に届いた。

「おっ母さんは、変わりないのかい。ここんとこ顔を見てないけど」

板場から、千賀の声がした。

「永代寺門前の料理屋の出療治だから、終わるころ『三春屋』で落ち合おうって誘

ったんだけど、わたしに一日中働かされて疲れたから動けないって、その言い草には腹が立つったらありゃしない」

「相変わらずね」

笑いを含んだ声を発しながら板場を出てきた千賀は、徳利とぐい飲みの載ったお盆を小梅の脇に置いた。

「後で肴も出すけど、とりあえず飲んでいてよ」

「はい」

小梅は軽く頭を下げた。

「貞二郎さん、やっぱり今夜は早じまいして、小梅ちゃんと久しぶりに酌み交わそうかねぇ」

千賀が声を張り上げると、板場から出て来た貞二郎が、

「それはいいね。そしたら、表の暖簾を」

表へと向かいかけた。

「それはあたしがやりますから、貞二郎さんは、あたしらのお酒と盃を」

千賀の言い草に頷いた貞二郎は、板場に引き返した。

戸を開けて表へと出た千賀が掛け行灯の火を消したらしく、戸口の外がふっと暗くなった。そして、店の中に戻ってきた千賀は、外した縄暖簾を入れ込みの板張りに静かに寝かした。

そこへ、徳利を二本とぐい飲み二つを載せたお盆を持ってきた貞二郎が、土間を上がった。

「小梅ちゃんも、下駄を脱いでお上がりよ」

土間に下駄を脱いで入れ込みに上がった千賀に促されるまま、小梅も下駄を脱いで板張りに膝を揃えた。

「あたしが最初だけ注ぐから、あとは手酌だよ」

徳利を手にした千賀が、小梅と貞二郎のぐい飲みに酒を注ぎ、自分のぐい飲みにも注いだ。三人は、何も言わず眼の高さに掲げたぐい飲みに、口を付けた。

「常さん、あとはあたしが洗うから、適当に帰ってくれていいよ」

千賀が謡(うた)うように声を掛けると、

「へぇい」

板場の常次から答えがあった。

風が出たのか、出入り口の戸が小さくカタリと音を立てた。

「今日、初めて市村座に行ってきたんだよ」

三口ばかり酒を飲んだ小梅が口を開くと、ぐい飲みを持つ千賀と貞二郎の手が止まった。

「猿若町は、賑わってたよ」

「そう」

小さな声を出すと、千賀はぐい飲みを口に運んだ。

「興行中はどこも慌ただしいから、市村座にだけ顔出してきた。中村座も先月から幕が開いてるけど、おじさん、行ったのかい」

小梅が静かな声で貞二郎に問いかけると、

「いや。のこのこ、顔なんか出せねぇよ」

低い声を出した貞二郎はぐい飲みに眼を落とすと、ふうと息を吐いた。

そのとき、戸の開く音がして、外気がすっと流れ込んだ。

「中の明かりが見えたもんだからね」

二本差しの侍が、尻っ端折りをした小者風の男を従えて土間に入ってきた。

「これは、大森様」

貞二郎が、三十代半ばくらいの侍に頭を下げると、

「店は閉めましたんで、お出し出来るのはお酒だけですが」

千賀は、侍に対し丁寧な物言いをした。

「いや。夜回りの途中、立ち寄っただけだよ」

笑顔を見せてそう言った大森は、羽織の裾を腰のあたりにまで捲り上げている様子から、町奉行所の同心のようである。

「ここんとこ、押し込みが立て続けに起きてるもんだから、こうして駆り出されてるんだ」

大森が夜回りのわけを口にすると、

「まさか、次郎吉さんが生き返って、またしても盗み働きをしているとでも思って、ここにお寄りになりましたか」

笑みを浮かべた千賀が、皮肉めいた物言いをした。

「なぁに。次郎吉が盗んでいたのは金だけだ。だがな、このところの押し込みは、入った先で女子供を殺したうえに、火までかけて逃げるような、まるで鬼の所行を

してやがるんだ」

　吐き捨てるように口にした大森が、ふと、小梅の方に眼を向けた。

「あ。この人は、日本橋高砂町で灸師をしている小梅さんでして」

　千賀が、大森に、小梅を引き合わせると、

「このお方は北町奉行所で同心を務めておいでの大森平助様」

　と言って大森を手で指し示した。

「お初にお目にかかります」

　小梅が軽く頭を下げると、

「死んだ次郎吉が、年の離れた妹みたいに可愛がっていた子なんですよ」

　千賀は、大森にそう言い添えた。すると、

「ほう、灸をね」

「出療治も承っておりますので、御用のおりは、『灸据所　薬師庵』へお声を」

　小梅は軽く頭を下げた。

「邪魔したな」

　笑顔でそう言うと、大森は小者風の男と共に表へと出て行った。

小さく息を吐いた千賀が、ぐい飲みを手にして残りの酒を一気に飲み干した。

先刻、千賀が口にした次郎吉というのは、鼠小僧と異名を取った、盗人のことだった。千賀の隣りで手酌をしているのは、次郎吉の実の父親である。

貞二郎は以前、中村座が堺町にあった時分に木戸番をしていた。

隣り町の市村座の床山だった小梅の父親、藤吉とも、長年誼を通じていたのだ。

十年前の天保三年（１８３２）の五月、鼠小僧が捕縛されて初めて、小梅も貞二郎も、情婦だった千賀までもが、世間を騒がせていた鼠小僧が、次郎吉だったと知ったのだ。


　鼠小僧次郎吉は、取調べの末、捕縛されてから三月後の八月、獄門に懸けられて死んだ。三十六年の生涯だった。

　その後、貞二郎は中村座に迷惑が掛かると言って木戸番をやめた。長屋にも居づらくなった貞二郎を『三春屋』の二階に住まわせた千賀は、店からほど近い長屋に移り住んでいた。

　次郎吉とは夫婦同然だった千賀にすれば、義理とはいえ、父親孝行のつもりだったに違いない。

千賀はのんびりするようにと言ったらしいのだが、貞二郎は自ら申し出て、『三春屋』のお運びやら掃除などの下働きを続けている。

「こっちは片づけましたんで、あっしはこれで」

板場から常次の声がすると、

「ありがとうよ。おやすみ」

千賀が威勢のいい声を張り上げた。

四

昨日の夕刻から降り始めた雨は、昼近くになっても止まない。日は出ておらず、外は冷えているが、霙（みぞれ）になるような気配はなかった。

小梅が、居酒屋『三春屋』に顔を出してから、三日が経っていた。

午後から二つの出療治が待っている小梅としては、空模様は気にかかる。

『灸据所　薬師庵』の療治場には鉄瓶の掛けられた火鉢があって、暖気が満ちていた。

敷いた薄縁には、肌襦袢の襟を下げた芸者が、両肩を露わにしてうつ伏せになっている。


「お腹がしくしくするのが治ったなぁと思ったら、今度は頭でさぁ」

芸者の志野が、忌々しげな声を洩らした。

「頭は、片側がきりきりと痛むんだね？」

「そう。左の方とこめかみが」

志野の言う頭部の左を小梅が手の指で押すと、

「それそれそれ」

志野は身もだえた。

「分かった。左右の『肩井』に据えよう」

小梅は、傍らに置いた道具箱の引き出しから艾を摘まみ出すと、左の薬指に付けた唾で湿らせた左の肩に、指で揉んで小さな粒にした艾を載せる。

道具箱に置いた線香立てに刺していた線香を指で摘まむと、『肩井』に置いた艾に火を点けた。

「半年前まではどうってことなかったんだけど、ここんとこ、月のものが来ると下っ腹が痛くてね」

「肩が終わったら、足首にも据えておきましょうかね。『三陰交』とか、指先の方に『太衝』ってツボもあるから」

そう言いながら艾を粒にすると、逆側の『肩井』に置いた。


午後から二か所の出療治に出ていた小梅は、堀江町入堀の東岸を北へ向かっている。

薄雲は切れて、青空がかなり広がっていた。

日は大分西に傾いており、そろそろ七つ（四時頃）という頃おいだった。

降り続いていた雨は、芸者の志野の療治が終わるころには上がっていた。

その後、お寅と共に蕎麦屋に飛び込んで、昼餉の蕎麦を手繰った。

出療治に向かう小梅は、蕎麦屋の表でお寅と別れると、真っ先に、信濃小諸藩、牧野家の上屋敷近くにある、二千石の旗本、水野家の屋敷に足を踏み入れた。

浜町堀に架かる小川橋を渡った先だから、『灸据所　薬師庵』からも遠くはなかった。

「先月、灸を据えてもろうてからは、腰の加減がよかったぞ」

腹這いになった四十代半ばのご当主から、小梅はお褒めの言葉を頂戴した。

その上、同じ小姓組の者に『薬師庵』のことを話したので、声がかかったら「よろしく頼む」とまで、丁寧な物言いをされた。

水野家を後にした小梅は、堀江町入堀に近い甚左衛門町の棟割長屋に向かった。

昨日、『灸据所　薬師庵』に訪ねて来た長屋のおかみさんから、

「今年七つになる倅の寝小便がなかなか治らない」

という相談を受けて、この日、出療治に行くと請け合っていたのだ。

「界隈では威張りちらしてるガキ大将のくせに、情けない」

母親がため息をついていた通り、七つの男児は向こうっ気の強そうな面構えをしていた。

うつ伏せにさせ、腰のツボである『命門』と『腎愈』に据えた時は平然としていたガキ大将も、足の裏の『湧泉』に灸を据えると、顔を歪め始めた。

足裏の『湧泉』は皮膚が薄く、艾の熱さがもろに伝わる。

「正吉、熱さなんか我慢しろっ」

母親から叱咤(しった)が飛ぶと、

「おれは、熱くなんかねぇ！」

足首を母親に摑まれた正吉は、顔を真っ赤にして精一杯の啖呵(たんか)を切った。


棟割長屋での療治を済ませた小梅は、堀江町入堀の東岸から、葺屋町の方へと道を右に折れた。

一年前までは、葺屋町には市村座があり、隣りの堺町には中村座のあった通りである。

焼け野原になっていた辺りには、商家や家などが建っているが、空き地も目立つ。

葺屋町を通り過ぎ、堺町へ歩を進めた小梅は足を止めた。

通りに佇(たたず)んで、中村座が立っていた辺りを見上げている、手拭いで頰被りをした着流しの男に気付いた。

錆浅葱(さびあさぎ)色に黒の筋立の着物は、以前、見たことがあった。

「清七さん」

呟きを洩らした小梅が下駄の音を立てて駆け出すと、頰被りの男が顔を向けた。

その顔には火傷(やけど)の痕(あと)があり、紛れもなく清七だった。だが、目を丸くした清七は、顔を隠すようにして身を翻(ひるがえ)すと、人形町通の方へと駆け去って行く。

「待ってよ」

追いかけた小梅が、人形町通の四つ辻に飛び出した時には、清七の姿はどこにもなかった。

小梅は息を整えながら、清七が四つ辻をどの方に向かったものか見当もつかず、空しく見回すしかなかった。

五

静かになった居酒屋『三春屋』に、鐘の音が届いている。

日本橋本石町の時の鐘が、五つ（八時頃）を知らせる音だろう。

四半刻（約三十分）ほど前まで、店の中は混み合っていたのだが、潮が引くようにあっという間に客の姿が消えた。

入れ込みの板張りにいるのは、小梅とお寅の二人だけである。

「さっき、堺町で清七さんを見かけた」

夕刻、『灸据所　薬師庵』に帰るとすぐ、小梅はお寅にそう告げた。

中村座のあった辺りに立っていた清七に声を掛けたものの、まるで逃げるように駆け去って行ったのだと言うと、

「今日の夕餉をお前に作らせると、多分不味(まず)いものしか出来上がらないだろうから、よし、今夜は深川に繰り出すしかないねっ」

勝手に決めつけたお寅は、六つ（六時頃）の鐘が鳴ると同時に、小梅を急き立てるようにして深川へと足を向けたのだった。

「お前がしけた顔をしてくれたおかげで、久しぶりに『三春屋』で飲み食いが出来るとは、ありがたい」

永代橋を渡るお寅が陽気な声を上げるたびに、後に続く小梅はため息をついていた。

「いい年して、昔の男のことで萎(しお)れてるもんだから、ここで夕餉を頂くことにしたんだよ」

お寅は『三春屋』に入るなりそう言うと、料理も酒も千賀に任せて入れ込みに上

がり込んだのである。

　それから半刻（約一時間）ばかりが経っていた。

　最後の客を送り出した千賀が、表の掛け行灯の火を消し、暖簾を仕舞い込むと、貞二郎とともに酒肴をお盆に載せて、小梅とお寅の傍に腰を下ろした。

「だけど、吉太郎さんは、どこでどうしていたのかねぇ」

　ぐい飲みの酒を二口ばかり飲んだ千賀が、誰にともなく呟いた。

　千賀が口にした吉太郎というのは、清七の役者名である。

　幕内では『大部屋』とも『稲荷町』とも呼ばれている中村座の下級の立役、坂東吉太郎といった。

　吉太郎は、火事の前日は御贔屓に呼ばれて、その夜は中村座に泊まり込んで災難に遭っていたのである。

　荷物を持ち出そうとして煙と熱気を浴び、表に飛び出したのだが、腕に怪我を負い、顔の左半分ほどに火傷を負った。

　一月ほどで怪我は治ったものの、火傷の痕は顔に残り、傷心のうちに吉太郎は役者を続けることを断念して、小梅にもなにも告げず姿をくらましていたのだった。

「一年前の火事では、吉太郎もそうだが、生き方を変えなきゃならなくなった者が大勢出たからねぇ」

貞二郎がしみじみと口にしたことは、小梅にもよく分かる。

堺町の中村座から出た火は、隣りの葺屋町、堀江六軒町、元大坂町（もとおおさかまち）、新和泉町（しんいずみ）、新乗物町（しんのりもの）などの近隣に燃え広がり、商売も家も失った人達の中には、小梅の知り合いも大勢いた。

「お寅さんのご亭主もその一人だ」

千賀の声に、お寅と小梅は小さく頷いた。

一年前の火事の朝、火の手が上がったと聞いた藤吉は、芝居小屋に関わっている何人かと火事場に走ったのだ。

だが、駆けつけた時には市村座に燃え移っており、なすすべもなかったと聞いている。

にも拘（かか）わらず、父の藤吉は、床山の道具や鬘を持ち出そうと、火の中に飛び込んでいったのだ。

「放っておけば藤吉さんは煙に巻かれなくて済んだのにって、火事場に駆け付けた仲間たちは悔やんでたよ。止める間もなかったとも言ってくれたけど、それが、うちの人の性分だったねぇ」

少し酔いの回ったお寅が、酒の残った盃を呷った。

「おれはね、去年のあの火事には、得心のいかねぇところがあるんだよ」

酔ったようには見えない貞二郎が、そう口にした。

「どういうことです」

千賀が問いかけると、

「あの朝、火が出たのは七つ時分（四時頃）だよ。それも、一階の大部屋の火鉢近くから燃えたと言う奴もいるが、おかしいよ」

「なにが」

小梅も貞二郎に尋ねた。

「七つといや、芝居の幕の開く一刻（約二時間）前だ。名代の役者は小屋入りする前だが、支度をする裏方連中は動き回ってる時分だ。ちょっと火が出れば、誰かが気付いて消し止められたはずなんだ」

貞二郎が口にしたことは、芝居小屋に出入りしていた小梅には腑に落ちることだった。

「だけど、あっという間に燃え広がったって聞いてるけどね」

千賀が、そう言って首を傾げた。

「誰かが、火を点けて回ったら一気に燃え広がるよ。小屋の中は、火の点きやすい紙や布、それに木の板ばかりだからねぇ」

呟くように言うと、貞二郎は自分のぐい飲みに徳利を傾けた。

「でも、おじさん、誰がそんなことをするっていうのよ」

小梅が不審を口にした。

「『三春屋』で働いていると、いろいろと町の噂が耳に入るんだ。幕府の方じゃ、贅沢はよくねぇとか言って、女髪結いも禁止され、華美な品物の売り買いにも役人の眼が光ってるそうだ。そのうえ、ご老中だかなんだかが、改革とか口にして、芝居の心中物や、廓(くるわ)の色恋物、悪者をのさばらせるような芝居は世を乱すことになると触れ回ってるらしい。そんなお上の意を汲んだ誰かが、芝居小屋を潰しにかかったという声が、この耳にも入ってくるんだがね」

「貞二郎さん、滅多なことを口にしちゃいけませんよ。壁に耳あり、障子に目ありですよ」

千賀が小声で窘めた。

「だけど、おじさんが言ったような話は、わたしもたまに耳にするよ」

小梅まで声をひそめると、皆が黙り込んだ。

様々なところに出療治に出かける仕事柄、小梅の耳には知らず知らずのうちに、人の思いやら世の出来事に関する話が入り込む。

「北町奉行所はそうでもないらしいけど、南町奉行所では、取締掛を市中に送り込んで、老中の進める改革やら奢侈への厳しい取締りに不平不満を持つ者をあぶり出してるようだよ」

とある商家に療治に行った時、背中で煙を上げる艾の下で、白髪のご隠居がそんなことを洩らしたのを、小梅は覚えていた。

「次郎吉さんが死んでからこのかた、世の中がなんだか、年ごとにぎすぎすとしてきたような気がするねぇ」

独り言を呟いた千賀が、くいっと盃を呷ると、「はぁっ」と自棄のように息を吐いた。

「そうだねぇ。世の移り変わりをもろに受けて、あたしも生き方を変えなきゃならなくなった口だ」

　酔いの回ったお寅が、少し呂律のあやしくなった声を発した。

「おっ母さんがどう変わったっていうのさ。世の中が変わろうが、のびのびと日を送っているじゃないか。お父っつぁんが死んだあとは家業をわたしに押し付けて、あちこち出歩くようになったじゃないか」

「なんだって」

　お寅が、背筋を伸ばして小梅を睨みつけた。

「以前は、お父っつぁんの仕事の行き帰りに合わせて立ち働いていたのに、死んだ途端に気が緩んじまって、知り合いとつるんでお寺の御開帳やら縁日やら、飛び回ってるじゃないのさ」

「なんだお前は。うちの人が死んで、あたしが喜んでるとでも言うのか」

「そうは言わないけど、箍が外れたみたいに、あっち行ったりこっち行ったりしてるのを見るとさ」

「あたしだってね、あの人が生きてるときは、市村座の役者衆の芝居がうまくいきますようにとか、一座の仕事に障りがあっちゃいけないと、長年、気を張り詰めて日を過ごしてきたんだ。だから、死んだのをいいことになんて思いはしないけど、息抜きをさせてくれてもいいじゃないか」

「息抜きは、お父っつぁんが生きてる時分からちゃんとしてたっ」

「小梅、お前！」

「まままぁ、お二人とも、おやめよぉ」

千賀が、隣り合って座っている小梅とお寅の間に片腕を振り下ろした。

するとお寅は、千賀の腕をやんわりと払いのけて、

「出歩くぐらいいいいじゃないか。家にじっとしてると、ついついうちの人のことを思い出してしまうんだよっ」

今にも泣き出しそうな顔付きで小梅に思いをぶつけると、がっくりと項垂（うなだ）れた。

それに返す言葉は見つからず、店の中はほんの少し静まり返った。

「雨だね」

貞二郎がぽつりと口にしたのを聞いて、小梅は耳をそばだてた。

千賀は土間の下駄を突っかけ戸口へと行き、腰高障子をそっと開ける。

「いつの間にか小雨が降ってるよぉ」

戸の外に顔を突き出して、のどかな物言いをした。

「おっ母さん、本降りになる前に帰ろう」

小梅が、がっくりと肩を落としているお寅に声を掛けると、

「今夜は、あたしの家に泊まってもいいんだよ」

千賀が気遣ってくれた。

「すまないねぇ、お千賀さん。ありがたいけど、あたしゃ、うちの枕じゃないと眠れないんだよ。それに、明日の朝急ぐよりも、今夜のうちに帰ってゆっくりするよ」

お寅は、酔って間延びしたような声でそう言うと、千賀に頭を下げた。

「それじゃ、わたしは提灯(ちょうちん)を」

貞二郎は腰を上げて土間に下り、戸口近くの板壁に掛かっていたぶら提灯を手にした。

大川に架かる永代橋を渡った小梅とお寅は、御船手番所の辺りで足を止めると、

「ふう」

小梅が息を吐いた。

『三春屋』で借りた傘を小梅が差し、お寅が提灯持ちを務めていた。

雨は小降りのままで助かったが、小梅の気懸(きがか)りは永代橋だった。

川を吹き抜ける風があれば、小降りとはいえども、横殴りの雨になり、傘も提灯も煽(あお)られて難儀をする恐れがあった。

だが、永代橋の上は風もなく、足を滑らせることなく二人とも無事に渡り終えたのである。

「おっ母さん、歩けるかい」

「うん。なんだかシャキッとしてきたよ」

お寅の声に、強がってる様子はなかった。

『三春屋』を出たばかりの頃は火照(ほて)っていた体も、夜寒(よさむ)の道を歩くうちに酔いが覚めていたのかもしれない。

「行こうか」

小梅が歩を進めると、お寅は提灯を揺らしながら横に付いて歩き出す。

北新堀河岸から日本橋高砂町までは、あと半里（約二キロメートル）足らずの道のりである。

「おっ母さん、今夜はありがとう」

霊岸島新堀(れいがんじましんぼり)に架かる湊橋(みなと)に差し掛かったところで、小梅は静かに口を開いた。

「なんのことだい」

お寅は、きょとんとした眼を小梅に向けた。

「清七さんのことで気落ちしたわたしを、元気づけようと『三春屋』に誘ってくれたんだろう？」

「冗談じゃないよ。なに言ってんだい。たまにはちゃんとした料理人の作ったものを食べながら、うまい酒を飲みたかっただけだよ」

そうまくし立てたお寅は、最後に「ふん」と鼻で笑った。

「しかし、あれだねぇ。一年は早いね」

お寅が、箱崎と対岸の行徳河岸を繋ぐ崩橋(くずれ)を渡りながら、ぽつりと口にした。

「いなくなって一年だよ、もう」

「うん」

小梅は小さな声で答えた。

「あたしとお前が、死んだ自分のことを口にしてると知ったら、あの人なんて言うかね。ほら、済んだことをあれこれうじうじと引きずるようなこと、好きじゃなかったからさぁ」

お寅が口にしたことは、当たっている。

「やるだけやって駄目だったら、諦めるしかねぇんだ」

藤吉は、済んだことを悔やむと、お寅にも小梅にも容赦のない言葉を浴びせたものだ。

「だからかどうか、あの人は心太(ところてん)が好物だったね。あれは噛まなくてもすぐ切れるから、潔くていいなんて言ってさ。そのくせ、糸を引く納豆も好物だったってのが、あたしゃ今でも解(げ)せないがねっ」

「食べ物の好き嫌いは別だよ」

小梅は笑みを浮かべて、そう言い返した。

「だけど思い出すねぇ。役者の髷(まげ)を結う時の仕草というか、あの姿形(すがたかたち)がよかったね。櫛(くし)や筋立てで髪を梳いて纏(まと)めたら、口にくわえてる元結(もっとい)の紐をすっと一本抜いて、くるくると髪を巻く手際の良さは、見事だった。うん」
小梅は思わず、相合傘で歩くお寅の方を見た。
お寅が、死んだ亭主の思い出をこれほど熱く語ったのは初めてのことだった。
まだ残っていた酔いに、つい口が緩んだのかもしれない。
相合傘の小梅とお寅は、日本橋川の東岸、鎧河岸を堀江町入堀の方へと向かっている。
高砂町までは、あと四、五町（約四四〇～五五〇メートル）ほどの道のりである。
小網富士といわれる富士塚のある明星稲荷の前で、お寅がふっと足を止めた。
「なによ」
小梅も足を止め、川を向いたお寅に傘を差しかけた。
「藤吉の馬鹿野郎。死ぬには、早すぎたんだよぉ」
お寅は、小雨に煙る川面に掠れ声を浴びせかけた。

六

浅草御蔵前の通りは、冬晴れである。

昼にはまだ間があるが、日が昇るにつれて温みに包まれた。

居酒屋『三春屋』からの帰り、小雨に降られた先夜の寒さと比べると、この日は春の陽気といえた。

あの夜から、三日が経った十月八日である。

小梅は月琴を背負い、浅草黒船町の料理屋『錦松』に足を向けていた。

前回の稽古のおりに、利世と取り決めた月琴の稽古の日だった。

御蔵前を過ぎ、浅草黒船町を東西に分けて貫く御蔵前通を進むと、角地に立っている料理屋『錦松』に異変があった。

通りの正面にある出入り口には、竹矢来（たけやらい）が打ち付けられ、出入りが出来ないようになっていた。

小梅は、『錦松』の角を、大川端の黒船河岸へ通じる小道へと急ぎ曲がった。

小道の途中には、利世の家族や奉公人が使う裏口があるのだ。

だが、『錦松』の建物を囲む縦板塀にある片開きの引き戸にも竹矢来が打ち付けられていた。

中の様子を窺ってみたが、人の気配すら感じられない。

表通りへ戻った小梅は、思案に暮れて辺りに眼を遣った。

北隣りの諏訪町との境に立つ自身番が眼に入った。

設えられた柵を通って、玉砂利の敷かれた上がり框の外に立つと、小梅は『自身番』と書かれた障子の中に声を掛けた。

「ごめんなさいまし」

「はい」

中からしわがれた声がしてすぐ、障子が開けられて、六十に近い年恰好の老爺が、上がり框に出て来て膝を揃えた。

おそらく、町内の自身番に詰める月番の町役人だろう。

「伺いましょうか」

老爺は、柔和な笑みを小梅に向けた。

「たったいま、料理屋の『錦松』さんに来たら、思いもよらないことになっていましたので、事情を伺えないかと、こうして」

「あぁ、『錦松』さんのことですか」

老爺は、「はぁ」とせつなげに息をついた。

その時、

「小梅さん」

すぐ近くから女の声が掛かった。

信玄袋を手に提げただけの髪結いのお園が足を止めていて、

「利世さんのことでしょう？」

小声を投げかけてきた。

小梅が頷くと、お園は、

「そのことなら、わたしが」

思い詰めたような面持ちで、頷いた。

「お声を掛けて申し訳ありませんでしたが、お話は、あちらさんから伺いますので」

お園を指し示した小梅は老爺に詫びを入れると、自身番を離れた。

道の先に立っていたお園に追いついた小梅が、

「どこへ」

「人の耳がないところへ」

お園は小梅にそう返事をすると、表通りの西側にある大寺の境内に小梅を誘った。

山門脇に掛かった木板に書かれた、『正覚寺』の寺号が眼に留まった。

山門を奥へ進むと、境内はかなりの広さがあった。

参拝の人の姿はほとんどなく、小梅は、お園に続いて本堂の裏の階(きざはし)に腰を下ろした。

馬の嘶(いなな)きや蹄(ひづめ)の音が届いているから、近くには馬場があるのかもしれない。

「『錦松』には三日前、南町奉行所の手が入ったのです」

階に腰を下ろすとすぐ、お園の口から思いがけない言葉が飛び出した。

浅草寺の雷神門前広小路に、櫛や髱(かもじ)など、髪結いの道具を買い求めに来たついでに料理屋『錦松』に向かうと、奉行所の小者や捕り手が出入り口に竹矢来を打ち付けており、好奇心を露わにして近づく者を、何人もの目明かしが追い払っていたと、お園は口にした。

そのうち、建物の中からは、様々な什器(じゅうき)や器、屏風(びょうぶ)や花瓶、桐の箱などが運び出されて、三台もの大八車に積まれると、同心が付添っていずこへか曳かれて行ったとも言う。

役人たちが『錦松』に押しかけたのは、朝の五つ（八時頃）という時分だった。

それから半刻（約一時間）のちには、利世の父である主に続いて、番頭が縄を掛けられて連れ去られたと、お園は、隣りの経師屋の番頭から聞いたことを小梅に伝えた。

「だけど、いったい、何の嫌疑が掛かったんだい」

興奮した小梅の物言いが、幾分伝法になっていた。

「手入れに押しかけた役人や目明かしたちの話す言葉の端々からすると、幕府が推し進めている奢侈を禁ずる思惑に背いているという罪状だそうです」

冷静に語るお園の言葉に、小梅は声もなく眼を見張った。

「経師屋の番頭が、近所で商売をする顔馴染みたちと話したところ、利世さんの家は下手をしたら、闕所になるんじゃないかとも言っていたようです」

お園が口にした闕所とは、家屋敷と家財のすべてか、そのいずれかを没収される刑罰のことである。

「それで、利世さんは今どこに」

小梅は、逸るように問いかけた。

「それが、分からないんです」

お園の声には、微かな不安がこびりついていた。

近隣の人たちによれば、役人たちが押し込んだ時、『錦松』の中から、殊更大きな物音がしたわけではなかったようだ。

『錦松』の周りに見張りが立ち、出入り口に竹矢来が打ち付けられ始めた頃、やっと異変に気付いたらしいのだ。

「だから、利世さんやおっ母さん、それに他の奉公人たちがどうなったかも、皆目分からないのです。それで、なにか手掛かりが欲しくて昨日来て、今日も又こうして」

そう言うと、お園は大きく息を継いだ。

「奢侈禁止なんて、冗談じゃないよ。『錦松』も利世さんたちも、殊更贅沢をしていたとは、わたしには思えないけどね」

小梅の声には怒気が籠っていた。

「わたしもそう思いますけど、お上には、贅沢品があろうがなかろうが、どうでもいいことなんですよ、きっと」

「どういうことだい」

小梅が、お園に不審をぶつけた。

「お上なら、罪科がなくても、幾らでも濡れ衣を着せられるもんですよ」

大胆な内容を、力むことなくさらりと口にしたお園を、小梅は思わず凝視した。

「そうやって、誰かを血祭りに上げて、見せしめにしたいというお人が千代田のお城にお出でになるんですよ、多分」

お園は最後に「多分」と口にしたが、小梅には、それがただの当てずっぽうのようには思えなかった。

「小梅さん、わたしはなんとか手を尽くして、利世さんの行先を調べてみますよ」

お園は静かにそう言うと、ゆっくりと腰を上げた。

続いて腰を上げた小梅は、

「わたしも、なんとかして利世さんの行方を追ってみますよ」

静かだが、なみなみならぬ決意を籠めて声にした。

七

小梅は、目明かしの矢之助の下っ引きをしている幼馴染みの栄吉と連れ立って、大門通を北の方へ急いでいる。

日が沈んでからすでに一刻（約二時間）以上も過ぎており、辺りはすっかり暮れていた。

昼間、料理屋『錦松』に起こった異変を知った小梅は、日本橋高砂町に戻るとすぐ栄吉の長屋を訪ねて、矢之助親分に取り次いでくれるよう頼んでいたのだ。

「六つ時（六時頃）に、厩新道の自身番で会うそうだぜ」

『灸据所　薬師庵』にやってきた栄吉が、その旨を小梅に告げたのは一刻前、療治の客を送り出してすぐのことだった。

「刻限近くになったら迎えに行くからよ」

栄吉の申し出を受けた小梅は、つい先刻、連れ立って『灸据所　薬師庵』を後にしたのである。

厩新道は、小伝馬町の牢屋敷からほど近い浜町堀の西側にあった。

「ごめんなさいまし」

自身番の外から声を掛けた栄吉が、小梅の先に立って上がり框に上がって障子を開けると、

「親分、もうお着きでしたか」

畳の間に頭を下げて、小梅に手招きをした。

下駄を脱いで上がった小梅が、畳の間に入ると、

「矢之助親分だ」

先に入っていた栄吉が、年の頃三十七、八の男を手で指し示した。

「お初にお目にかかります。わたしは小梅といいまして」

「『薬師庵』のお寅さんの娘さんだろ。おれはお前さんを見かけたことはあるが、こうして顔を合わせるのは、今日が初めてだ」

「よろしくお願いします」

両手を膝に置いて、小梅は丁寧に頭を下げた。

「栄吉から聞いたが、浅草の知り合いの料理屋に奉行所の手が入ったそうだが」

「はい」

小梅ははっきりと返事をして大きく頷くと、料理屋『錦松』にそんな嫌疑が掛かるのはおかしいのだと訴えた。

「半年も月琴の稽古に通っておりますが、『錦松』の主一家の暮らしぶりは、贅沢とは程遠いのです。そりゃ、うちの暮らしぶりとおんなじとは言いませんが、地味に暮らしてる家族なんです。『錦松』の主は長屋を持っておいでだけど、店賃が滞ったからといって、住人を追い出すような阿漕なお人でもありません。ですから、親分のお力で、穏便に済むよう、なんとかお奉行所にお口添えをお願いしとうございます」

小梅は、両手を畳についた。

「小梅さん、おれら目明かし風情には、お奉行所にそんな口出しなんか、出来ねぇ相談だよ」

矢之助はため息交じりにそう言うと、

「まして、おれは北町奉行所の同心の御用を受けて動いてるからね」

とも言い添えた。

「それは、南町奉行所のことには、口出しが出来ないということですか」

小梅が不審を向けると、

「以前からなにか悶着があったわけじゃないんだが、殊にこの一、二年は北と南の風通しがよくないんだよ。南町奉行所のお奉行は、あの鳥居耀蔵様だからな」

矢之助は顔をしかめた。

「と、申しますと」

身を乗り出した小梅は、少し声をひそめた。

「北町奉行所のお役人から伺ったことだが」

矢之助はそう前置きをすると、鳥居耀蔵という南町奉行は、改革を目指す老中の水野忠邦の意を受けて、目付として改革の推進に辣腕を振るってきた人物だという。

「これも噂だが」

矢之助は声を低めると、

「昨年、改革の進め方について意見の違う南町奉行の矢部定謙様を、偽りの申し立てをして罵ったあげくに罷免へと追い込んだうえに、その後釜についたのが鳥居様だといわれてるんだ」

辺りを憚るように声を落とした。

矢之助はさらに、伊勢桑名藩に幽閉された矢部定謙は、ほどなく、絶食をして憤死したようだとも語り、

「鳥居耀蔵というお人は、老中の水野様に仇なす者には、容赦ない仕打ちに出るってことだよ。それで、周りの者は怯えて、滅多なことは言えないでいるようなんだ」

小さなため息を洩らして、締めくくった。

「今日はわざわざご足労願いまして、ありがとう存じました」

矢之助に礼を述べた小梅は、居残るという栄吉を自身番に置いて表へと出ると、浜町堀へ足を向けた。

浜町堀を南へ向かえば、高砂町までは大した道のりではない。

小梅は歩きながら、利世の家族は世の中の大きなうねりに巻き込まれたのではないのかと、思いを巡らせた。

利世の父親は役人に捕縛されて行ったことは分かっている。

だが、当の利世とその母親の消息は不明である。

髪結いのお園に告げた通り、利世の行方を探す気になっていた。

浜町堀に架かる栄橋を通り過ぎたところで、小梅は足を止めた。

堀の水面で月明かりがゆらゆらと揺れていた。

空には上弦の月があったが、川面の月は小波に揺られて、姿を崩している。

その時ふっと、矢之助の口から出た鳥居耀蔵の名が頭に浮かんだ。

多くの者を恐れさせているという南町奉行がどんな顔かたちをしているのか、小梅には脳裏に思い描くことすら出来ない。

鳥居耀蔵とは、どのような人物なのだろうか――小梅は、水面に映る月が水の流れによって刻一刻と形を変える様子を見ながら、胸の中で呟いた。

第二話　二の腕の蛇

一

深川は、永代寺や富ヶ岡八幡宮を中心に広がっている門前町である。

その一方、多くの水路が縦横に延びており、木場(きば)の木材をはじめ、さまざまな荷を積んだ数多(あまた)の船が行き交う水運の町でもあった。

小梅が出療治のために、深川海辺大工(うみべだいく)町の車屋『柊屋(ひいらぎや)』にやってきたのは、西の空にはまだ日がある時分だったが、それから四半刻（約三十分）ほどが経っている。

薄暗くなった六畳の座敷に敷かれた薄縁に腹這(はらば)っている三十代半ばの男の背中には、墨で描かれた鍾馗(しょうき)の彫物があった。

戸口には、『車　柊屋』と堅気の商いをしているような暖簾(のれん)が掛かっていたが、それが表向きだということは、家の中を動き回る男たちの言動から見て取れた。

「火鉢はどことどこに置きますか」

「ちゃんと駒の用意をしとけ」

「盆茣蓙(ぼんござ)の部屋の隣りにも燭台(しょくだい)を立てとけよ。丼と賽子(さいころ)もそろえてるよなっ」

家の中にいる男たちのそんな声が、小梅が灸を据えている部屋に届いていた。

「姐(ねえ)さん、ここがただの車屋じゃないことは、うすうす気付いてるんだろう」

鍾馗の彫物をした男が、笑いを含んだような声を出した。

「ええ。なんとなく」

小梅は、落ち着いた声で返答した。

出療治に行った先が博徒の家だったということは、これまで二、三度はあったし、目明かしの下っ引きを務めている幼馴染みの栄吉からも、裏の稼業をしている者たちの有様は幾度となく聞かされたことがあった。

家の中の様子から、ここが博徒の家であり、この夜は賭場が開かれるということも推察出来ていた。

賭博がご法度だということは、小梅も知っている。

だが、役人や目明かしなどに鼻薬を効かせて、お目こぼしに与る連中がいることも聞いている。

江戸の中心から離れた深川や千住などは役人の眼が届きにくく、賭博場を設けるには恰好の場所である。寺や武家屋敷が多く、近づく役人を見張るのにも都合がいいのだろう。

現に、車屋『柊屋』の背後には霊巌寺があり、小藩ながら広大な敷地を有する上野館林藩秋元家や伊予松山藩松平家の下屋敷をはじめ、御側衆、御書院番、寄合を務める大身の旗本などの屋敷に囲まれていた。

ひなびた土地の武家屋敷に勤める下級武士たちの楽しみは少なく、賭場に行って博奕に興じることもあったし、法衣を脱いだ僧侶が紛れ込むこともあった。

踏み込んだ奉行所の役人が賭場の客改めをする段になっても、武家や僧侶がいては町方には手が出せない。賭場の混乱に乗じて逃げ出した博徒たちが、近くの寺に逃げ込めば、町方には手出しは出来ないということにもなるのだ。

法の網の目を掻い潜ろうとする者たちの用意周到さには恐れ入る。

「姐さんは、どこへ行っても肝が据わってるようだね」

「ただ、灸を据えることだけに気が行ってるだけですよ」

小梅は答えながら、腰に置いた艾に線香の火を点けた。

「うちの賭場のお客が、日本橋の『灸据所　薬師庵』がいいと、勧めてくれたんで、試しに呼んでみたんだよ」

「ありがとうございます」

燃え尽きた艾を指で払い、新たな艾を腰に置いた。

「しかし、あんたみてぇな女が来るとは思わなかったよ」

「これからも、ひとつよろしくお願いします」

そう言いながら、艾に火を点ける。

「これからも呼ぶかどうかは、姐さん次第だな」

男は、くぐもった笑い声を洩らす。

「それは、どういうことでしょうか」

惚けた小梅が無邪気な声で尋ねると、

「療治の後、賭場で遊んでいきなよ。儲けさせてやるよ。その代わり、礼はしてもらうよ。おれと枕を並べてもらうがね。いや、なにも、枕は並べなくとも構やしねぇがね」

「それは困りましたねぇ」

笑いを含んだ物言いをすると、

「なにが困るんだよ」

男が不機嫌な声を発した。

「行先を言って家を出てきましたから、わたしを訪ねて、人が来るかもしれません」

母親のお寅には行先を告げて出てきたから、深川が終わったら、別の場所に出療治に行けという指示が来ないとも限らない。

「そんなもん、おれが追い返してやるよぉ」

「しかし、困りましたねぇ」

「なにも困ることはねぇよ」

上体を起こした男は、むっとしたような顔を小梅に向けた。

「親分」

障子の外の廊下から、男の声がすると、

「なんだよ」

親分と呼ばれた男は、あからさまに不機嫌な声を出した。

障子を細く開けた若い衆が、

「たった今、表に『薬師庵』の灸師がこっちに来てるはずだから、会いたいという爺さんが来てるんですが」

親分にお伺いを立てた。

「帰ったと言っとけ」

「ですが、まだいると言ってしまいまして」

「どこの爺さんだよ、まったく」

親分は、腹這ったまま憤然と息を吐いた。

「『鬼切屋（おにきりや）』の治郎兵衛（じろべえ）と言ってます」

「そのお人なら、わたしは心当たりがありますから、療治が終わるまで、少し待つように伝えてもらえませんかね」

小梅は若い衆に向かってそう言うと、軽く頭を下げた。

すると、小さく頭をもたげた親分が、

「『鬼切屋』っていうと、両国の、香具師の元締だった『鬼切屋』のことか」

訝るような声を洩らした。

「以前は両国でしたが、今は、日本橋の竈河岸の近くに小さな看板を下げておいでです」

親分は、背中で艾が煙を上げているのも構わずに起き上がると、

「あの『鬼切屋』の使いを待たせるたぁ、おめぇは、何もんだよ」

往時の『鬼切屋』の威勢を思い出したものか、小梅の顔をまじまじと見た。

「こちら様から療治を承った、『灸据所　薬師庵』の小梅ですが」

そう言うと、小梅は小さく笑みを浮かべた。

二

小名木川一帯は、夕闇に包まれようとしていた。

車屋『柊屋』の親分の療治が終わると、

「三代目が、小梅さんに知らせたいことがあると言いなさるもんで」

待っていた治郎兵衛から耳打ちをされた小梅は、大川の方角へと足を向けていた。

「治郎兵衛さんに深川まで足を運ばせて、すみませんでしたね」

「なんの。実を言いますと、佐次の猪牙船が折よく空いてましたんで、この先の高橋に着けてもらったんでやすよ」

五十代の半ばになった治郎兵衛は、悪戯っぽい笑みを浮かべた。

治郎兵衛が口にした三代目というのは、かつては香具師の元締として名を馳せた『鬼切屋』の、今年二十五になった三代目の当主、正之助のことである。

小名木川に架かる高橋の南の袂に近づくと、小名木河岸に舫っていた猪牙船から、佐次が棹を杖にして腰を上げるのが見えた。

「小梅さん、先に」

治郎兵衛に促されて、小梅は岸から猪牙船に飛び移った。

「とっつぁんは、おれの手に摑まってくんな」

佐次が片手を差し伸べると、

「すまねぇ」

治郎兵衛は佐次の手を借りて、船に乗り込んで腰を下ろした。

「へへへ、昔のとっつぁんだったら、余計な事するんじゃねぇなんて、手を引っ叩（ぱた）かれるとこだよ」

「いいから、早く出しな」

笑った治郎兵衛が声を上げると、佐次は河岸の石垣に棹を突いて押し、猪牙船を川の流れに乗せた。

この先の万年橋を潜って大川に出て、対岸の浜町堀へと漕ぎ入れれば、歩くよりはかなり近いし、早い。

棹を置いた佐次が櫓（ろ）に持ち換えて漕ぐと、船はほどなく大川へと出た。

佐次も舳先（へさき）近くに腰を下ろしている治郎兵衛も、かつては『鬼切屋』の身内として働いていたと聞いている。

小梅の母親のお寅や、三代目の正之助の話によれば、『鬼切屋』の初代、太左衛門（たざえもん）が当主の頃は、寺社の祭礼や大道での物売り、屋台売りの他に、岡場所や夜鷹（よたか）の差配にまで睨（にら）みを利かせていたという。

ところが、倅（せがれ）が二代目を継ぐと間もなく、子分たちの裏切りや統率力の不足から抗争に敗れて、拠点だった両国から追われたのだ。

そうなると、『鬼切屋』の看板の威力は影も形もなくなり、二代目の倅の正之助は、祖父の太左衛門が贔屓にしていた料理屋の帳場で算盤を弾いたり帳面を付けたりと、堅気の仕事に勤しんでいた。

そんな正之助のもとに、五年前、治郎兵衛と佐次、それに当時十八の吉松が揃って現れ、『鬼切屋』の再建を懇願したのだった。

正之助は、香具師の仕事は出来ないと固辞した。

すると、治郎兵衛たち三人は、香具師の看板を掲げなくてもいいのだと言ったのだ。

『鬼切屋』が栄えていた時分、季節の祭事や慶事の折りには、皆が両国に集まって騒いでいたことを懐かしく思い出すとも述べ、

「今、三人それぞれ仕事をしてなんとか生きてはいるが、昔みてぇに、『拠り所』と呼べるもんがないのが、なんとも寂しくていけません」

治郎兵衛がそう口にすると、

「たまに、『鬼切屋』の看板を下げた正之助さんの長屋に集まって昔話をするだけ

でもいいんです、正之助さん」

佐次までそんな思いを訴え、正之助はそれに応じたのである。

「とっつぁん、会うのは半月ぶりだが、元気そうだな」

櫓を漕ぎながら佐次が声を掛けると、

「あちこち歩いてると、腹も減るし、よく眠れるというのが老いた体にゃ、いいようだ」

治郎兵衛は、川風に負けないように声を張り上げた。

治郎兵衛の生業(なりわい)は、文や小さな品物を託されて、相手方に届ける、町小使(まちこづかい)であった。町飛脚のように遠くへは行かず、荷車に載せるような品も扱わず、町中の些細(ささい)な用事を引き受けている。

「佐次さんは、そろそろ自前の船を持てるんじゃないの」

「いやぁ、まだまだだよ。古くなった船を買うにしろ、まとまった手付金は払いたいからさ」

佐次はいま、正之助の父親と親しかった浅草下平右衛門町(しもへいえもん)の船宿に雇われて、船頭を務めていた。

佐次の漕ぐ猪牙船は、大川を横切ると、武家屋敷の間を北に延びる浜町堀へと舳先を突き入れた。

堀端にはところどころに常夜灯が灯っており、船を進めるのに難儀をすることはなかった。

小橋を二つ潜った先の水路が二つに分岐している辺りで、佐次は岸辺に船縁を着けた。

分岐した細い水路が西へ延びている右側が、難波町裏河岸から住吉町裏河岸へと続く堀端である。このあたりが俗に竈河岸と呼ばれている。

河岸に上がった小梅と治郎兵衛は、柳橋の船宿に猪牙船を返しに行く佐次を見送ると、住吉町の路地へと足を向けた。

路地の奥にある五軒長屋の一番奥が、正之助の家である。

戸口の脇には幅が二寸（約六センチ）、縦が五寸（約一五センチ）ほどの古びた板切れが下がっており、『鬼切屋』の文字が滲んでいた。

「治郎兵衛ですが」

明かりの灯った腰高障子の向こうに声を掛けると、

「お入り」

まるで、商家の手代が客を迎えるような、まろやかな声が返ってきた。

治郎兵衛に続いて土間に足を踏み入れた小梅は、

「正之助さん、先日はどうも」

頼みごとをした礼を、改めて口にした。

「ともかく、おあがりよ」

正之助に促されて、小梅と治郎兵衛は長火鉢を挟んで正之助と向かい合って腰を下ろす。

五年前、『鬼切屋』の身内だった治郎兵衛ら三人によって三代目に祭り上げられた正之助は、料理屋の帳場勤めをやめた。

「三代目の食い扶持ぐらいは、わたしら三人の子分が稼いで何とかしますから、でんと座っていてもらいてぇ」

治郎兵衛たちの勧めに負けて、一旦仕事はやめたものの、三人が毎月一両（約一〇万円）を持ち寄ることに気が咎めた正之助は、半年も経たないうちに、顔なじみの口入れ屋に頼み込んで、雇ってもらった。

奉公先の斡旋や人の差配は主人に任せ、正之助は算盤と帳簿を受け持っている。

「熱いのをお飲みよ」

自ら淹れた茶を二つの湯呑に注ぐと、正之助は小梅と治郎兵衛の近くに置いた。

「恐れ入ります」

治郎兵衛は頭を下げ、湯呑を両手で包んだ。

『鬼切屋』を傾けさせた正之助の父親は、家業よりも芝居小屋通いにうつつを抜かしていた関係で、小梅の父親の藤吉と親しくなっていたことから、小梅と正之助はこの十年ばかり、兄妹のような付き合いをしていた。

「この前頼まれていた人捜しだがね、行先が分かったんだよ」

「もう分かったので？」

小梅は眼を丸くした。

三日前の九日、小梅は料理屋『錦松』に降りかかった災禍を正之助に告げ、月琴の教え子である利世とその母親の行方が分からず、案じているのだと打ち明けた。

するとその時、

「なんなら、うちの若い者に捜させるよ」

正之助が気安く請け合ってくれたのである。

それから、まだ三日しか経っていなかった。

「吉松と金助が、よく動いてくれたんだよ」

正之助が名を挙げたのは、『鬼切屋』の若手の二人である。

五年前に正之助を三代目に担ぎ上げた三人のうちの一人が、読売や江戸の名所案内の刷り物を売っている吉松だ。雷避けのお札を売り歩く金助は佐次の口利きで、去年『鬼切屋』の一党に加わっていた。

「吉松と金助は、長年、『錦松』に奉公人の斡旋をしていた浅草並木町の口入れ屋『三松庵』から、女中たちの生まれ在所を聞き出して、手分けして訪ね歩いたそうだよ」

正之助によれば、そのうちの一人の生まれ在所である千住に行った吉松は、『錦松』の内儀と娘の利世が、女中だったお里の家に連れて行かれたことを確認したのだという。

「千住のどこか教えてもらえば、わたしは会いに行きますよ」

小梅が身を乗り出すと、

「明後日なら、佐次が船を出せるかもしれないと言っていたけどね」

正之助はそう言うと、笑みを浮かべた。

三

川面には薄く霞がかかっている。

先刻よりはかなり薄くなっていて、荷を積んだ船が下流へと向かって来る影も遠くから窺えるようになっていた。

小梅は、佐次の漕ぐ猪牙船の舳先近くの船縁に左腕を凭せて、ゆっくりと流れる左岸の光景に眼を遣っている。

浅草の駒形堂を過ぎようかという頃に、すっと朝日が射した。

竈河岸の堀が浜町堀と交わる辺りに架かっている入江橋の袂を後にしてから、およそ半刻（約一時間）足らずが経っていた。

『鬼切屋』の三代目、正之助から、料理屋『錦松』の利世とその母親の消息が知れたと聞いてから、二日後の朝である。

二日前の夜、竈河岸の正之助の長屋に立ち寄ったあと、小梅は、消息の分かった『錦松』の母娘に会いに千住へ行くことについて、お寅の了解を得ていた。

ところが、昨夜、お寅との間でひと悶着が起きた。

「お前が明日、朝から千住に行くってことは、あたしが一人で、来た客の灸を据えるってことになるじゃないか」

そのことに思い至ったお寅が、突然、不満を露わにしたのである。

「お前が昼前に戻って来るならまだいいよ。話が長引いたり、近くの料理屋に連れて行かれたりして酒でも入ったら、千住泊りってことにもなる。そうなったら、明日も明後日も、あたし一人が艾まみれになるってことだ。朝餉夕餉の支度が出来なきゃ、ひもじい思いをしなきゃいけないってことにもなるんだよ。お前、おっ母さんをそんな目に遭わせていいのかい」

「なに子供みたいなこと言ってんのよ。堀端には蕎麦の『狸屋』があるし、三光新道には一膳めしの『釘抜屋』だってあるじゃないか。わたしが居ないときなんか、浮き浮きとして食べに行ってることは、『狸屋』のおじさんや『釘抜屋』でお運びをしてる美代ちゃんから聞いてるんだからね」

小梅の反論に、お寅は一瞬黙ったが、

「どうだろうね。あたしも船に乗って千住に行くっていうのは。千住が北の方にあるのは知ってるけどさ、どういうところか見てみたいし、久しぶりに大川の舟遊びの気分に浸ってみたいじゃないかぁ」

すぐに猫なで声を出して、すり寄ってきた。

「明日は、傘の『井筒屋』の旦那や浅草橋の人形屋のご隠居が、おっ母さんを名指しで来ることになってるじゃないか。ということはだよ、『井筒屋』の旦那は隣りの菓子屋の栗饅頭を手土産にしてくるかもしれないし、人形屋のご隠居は、柳橋の鰻屋の蒲焼を持って来てくれるかもしれないね」

お寅の食い意地を狡く煽った小梅が、さらに、明日の療治代の半分を留守番代として渡すと言うと、

「そうまで言うなら」

お寅は、あたかも渋々承知したのだというようなため息をついて、翌日の『灸据所　薬師庵』の仕事を引き受けた。

「お寅さん、お久しぶりです」

今朝早く、小梅を迎えに来た正之助が『灸据所　薬師庵』に現れると、

「おや、三代目。ますます男っぷりに磨きがかかってきましたね」

お寅が、やけに陽気な声を辺りに響かせた。

「三代目も千住にお出でになりますんで」

「そうじゃないんですよ。佐次が船を泊めた場所まで案内しようと思いまして」

正之助は、お寅に丁寧な物腰で返答した。

『鬼切屋』の看板の掛かった正之助の長屋から高砂町までは、二町（約二二〇メートル）ばかりの道のりだから、目と鼻の近さだった。

「こんな我儘（わがまま）な娘の案内なんか三代目がすることはないんですよ。それよりも、早くいい人と所帯を持って、早死になすった先代にお知らせしなきゃいけませんよ」

お寅は、昨夜の悶着のことなどなかったかのように妙にはしゃいで、小梅を案内する正之助に声を掛けたのだ。

東の空に日が昇って半刻（約一時間）ほどが経った頃、大川を遡上（そじょう）していた佐次

の猪牙船は、川の曲がりに合わせて、舳先を左へと向けた。

隅田村の方から流れ込む新綾瀬川と交わる辺りが鐘ヶ淵で、大川はそこを境に荒川と名を変える。

浜町堀で正之助の見送りを受けて漕ぎ出してから、一刻（約二時間）ほどが経っていた。

「佐次さん、先の方に大きな橋が見えるよ」

舳先に座っていた小梅が、腰を浮かすようにして行く手を見た。

「あれが千住大橋だよ」

「へぇ。この辺りまでよく来るのかい」

「花の頃なんか、隅田堤や木母寺（もくぼじ）に客を乗せてくることもあるし、千住の宿場に遊びに行く人もいるからさ」

言い終わると、佐次は小さく笑った。

宿場女郎目当ての客がいるということは、小梅にも察せられた。

千住大橋の長さは、長さ六十六間（約一二〇メートル）であり、千住宿は日本橋から北へ向かう日光街道の最初の宿場だと佐次が口にした。

「大橋の南側の小塚原も千住宿なんだが、小梅さんが捜してる例のお二人は、北側の千住掃部宿の方にいると、吉松から聞いてますんで」

橋の北側へと舳先を向けた佐次は、櫓を引き上げるとすぐ棹を摑み、橋の袂近くに猪牙船を着けると、縄を手にして岸辺に飛び移った。

「繋ぐまで座ってお待ちを」

そう言うと、岸辺に打ち込まれている杭に縄を巻き付けて舫い、船の腹を砂地に寄せてくれた。

「どうぞ」

佐次から声が掛かり、小梅は岸辺に飛び移った。

土手を上がって橋の袂に出ると、広小路があり、その周りには旅籠をはじめ、商家や食べ物屋などの小店が固まっていた。

「吉松の野郎から聞いた話ですと、料理屋『錦松』で奉公していたお里さんの家は、この先の高札場を左に曲がった先にある、氷川神社の裏の辺りの百姓だそうです」

先に立った佐次は、日光街道を北へと歩を進めた。

少し先へ進んだところで、突然建物が途切れて、左右に広がる田んぼが眼に入った。だがそれもほんの一町（約一一〇メートル）ばかりで、すぐに、街道の両側に旅籠や料理屋などが軒を連ねる賑やかな宿場町へと足を踏み入れた。

朝日を浴びる通りには、南北へ急ぐ旅人の姿もあるが、宿場を働き場にしている連中の方が、はるかに多く眼につく。

荷を積んだ馬や車が行き交う通りを、棒手振りたちが間隙を縫ってすり抜けていく。

そんな光景を見せているのが、千住掃部宿だった。

宿場の通りを北へと進むと、大きな四つ辻に差し掛かったところで、佐次が足を止め、小梅も倣った。

「高札場だよ」

佐次が指をさした四つ辻の左手を見ると、墨痕を滲ませて立つ高札が小梅の眼に留まった。

高札場のある四つ辻を左に曲がって、ほんのしばらく歩いた先に広い敷地の氷川神社があった。

鳥居の前の野道で足を止めた小梅と佐次は、辺りを見回す。

「この裏ってことですよね」

佐次は独り言を口にしながら先の方に足を向けると、田んぼの中に延びている畦道(あぜみち)へと曲がった。

その畦道は氷川神社の裏手に延びており、小梅は佐次のうしろに付いて田んぼ道を進む。

「ちょっとものを尋ねるがね」

佐次が、行く手からやってきた竹籠(たけかご)を背負った初老の百姓に声を掛けると、

「この辺りに、お里さんていう娘さんを持つ百姓の家を知らないかねぇ」

笑み交じりで問いかけた。

「あぁ、太助(たすけ)の家なら、あそこだ」

初老の百姓は真後ろを振り向くと、田畑の向こう側に見える小ぶりな百姓家を、手にした鎌で指し示した。

「それじゃ、この道を行って、先の道に出たら右へ行けばいいんだね」

「いいや。それじゃ、遠回りになる。畑の中を突っ切れば、あっという間に太助の

家の裏庭に行ける」

初老の百姓は、稲刈りの済んだ田んぼに鎌を向けた。

小梅と佐次は礼を述べると、勧められた通り、田んぼの中を通って百姓家の裏庭に向かっていった。

すでに実を落とした柿の木が二本と、様々な低木の植わった裏庭にある物干し場で洗濯物を干していた頬被りの女が、ふと手を止めて、小梅たちに眼を向けた。

「こちらは、お里さんの家でしょうか」

「小梅先生！」

素っ頓狂な声を発した女が、急ぎ頬被りを取ると、料理屋『錦松』の女中、お里の顔が現れた。

「どうして――」

いきなり現れた小梅に、お里は戸惑いを隠さなかった。

小梅は、奢侈禁止令に背くということで、『錦松』に役人の手が入り、利世の父親と番頭が奉行所に連れていかれたことを知り、消息の知れなくなった利世の行方を探したのだと打ち明けた。

「この人は、わたしが利世さん捜しを頼んだ知り合いの、お仲間の一人なんですよ」

小梅が指すと、

「佐次といいます」

佐次はお里に向かって、小さく会釈をした。

「それでお里さん」

「利世さんとおかみさんなら、うちの隣りですよ」

お里は、小梅の問いかけの意を察して、そう口にすると、

「干し終わったらお連れしますから、表で待っていてください」

盥（たらい）に残っていた洗濯物を取り上げ、竹竿に掛け始めた。

四

裏庭から表に回った小梅と佐次は、前庭の縁に並んで腰かけていた。

二人の眼の前には、田畑が広がっている。

「お待たせしました」

裏庭の方から足早に姿を現したお里は、外した襷を縁に置くと、

「こちらです」

先に立って、前庭の崩れた生垣をすり抜けて行く。

生垣の向こうには納屋を大きくしたくらいの百姓家があった。

「二年前から住む人のいなくなったこの家があったもんですから、庄屋さんにお願いして、おかみさんたちが住めるようにしたんです」

そう言いながら百姓家に近づいたお里は、

「お利世さん、開けますよ」

戸口に立って声を掛けた。

「どうぞ」

中から、聞き覚えのある利世の声がすると、小梅と佐次は、お里に続いて土間に足を踏み入れた。

「利世、お師匠様だよ」

利世と並んで土間の洗い場に立っていた母親のおすまが、掠れ声を上げた。

「お師匠様」

洗う手を止めた利世は、眼を見開いて小梅を見た。

「さっき小梅先生から話を聞いたら、おかみさんたちの行方が知れないというので、捜し回られたようです」

お里は、小梅が現れた事情を『錦松』の母娘に告げた。

それを契機に、小梅は『鬼切屋』というのが、かつては香具師の屋号だったことは伏せ、そこの三代目となった知り合いの手の者が、お里の家にいることを突き止めたのだという経緯を、大まかに述べた。

それからすぐ、小梅と佐次はおすまと利世に促されて板張りにあがり、鉄瓶の掛かった囲炉裏(いろり)を四人で囲んだ。

長年女中奉公をしていたお里は、手際よく土瓶で茶を淹れ、囲炉裏の四人に湯呑を置くと、おすまのすぐ後ろにそっと控えた。

「いったい、『錦松』では何が起きたんですか」

一服すると、小梅は静かに問いかけた。

「それがねぇ、五日の朝、いきなり表の戸が叩かれたんですよ」

おすまが口を開くと、

「店の男衆が戸を開けた途端、どどどっと、お役人をはじめ、目明かしや小者たちが、掃除をしていたわたしたちを蹴散らすようにして、店の中に入り込んで来たんですよ」

住み込みの女中だったお里が、眼の前で起きたことを、おすまから引き継いで話し出した。

十数人を率いていた同心と思しき者が、

「われらは、南町奉行所である。この家に奢侈禁止令に背く贅沢品があるとの訴えがあったゆえ、家探しをいたす」

そう叫ぶと、贅沢品を見つけたら階段下の板張りに並べるよう指示して、配下の者を四方に散らしたと、お里は、その時の様子を悔しげに口にした。

それから半刻（約一時間）の間に、広い板張りには、料理を盛る皿を仕舞った大小の桐の箱をはじめ、屏風、それに、おすまや利世の部屋から持ち出されたかに見える、螺鈿の施された小物入れや漆塗りの櫛、銀製の幾つかの髪飾り、瑪瑙のあしらわれた帯締めなどが並べられた。

「でも、おっ母さんもわたしも、そんな小物入れも櫛も、銀の簪なんかにしても、初めて見るものだったんです」

利世は、小梅に告げたことを役人にも訴えたが聞き入れてはもらえず、ついに父親と番頭が縄を掛けられて、連れて行かれたのだと唇を嚙んだ。

「今になって思うと、秋に入ったばかりの三月ぐらい前から『錦松』に度々やって来た、気になるお客がいたんですよ」

お里は、辺りを憚るような低い声を出した。

その男は一人ではなく、侍を連れて来たり、お店者らしい男だったりと、来るたびに別の人物を伴っていたという。

連れを変えてやって来る男からは堅気の匂いはしなかったものの、着ているものはこざっぱりとしており、料理や女中に文句をつけることもなかった。

「ただ、来る度に厠への方向を間違えたり、部屋に戻る廊下を曲がり損ねて、旦那さんたちのお住まいの方に行ってしまったりしてましたよ」

そこまで口にしたお里が、「そうだ」と呟いて、その男が袖をまくって手水に手を伸ばした時、左の二の腕に彫物のようなものがあったということを思い出した。

だが、見えたのは彫物の一部で、赤黒っぽい色の、先が細くなった縄か、木の枝のようにも見えたと言い添えた後、

「その男が、しばらく来ないなと思っていた矢先の今月の五日に、お役人のお手入れが」

お里は、ため息交じりにそう述べた。

「しかし、銀細工の髪飾りや塗りの櫛が見つかったにもかかわらず、おかみさんや娘さんが引っ張られなかったのは幸いでしたねぇ」

佐次が労(いたわ)るような物言いをすると、

「ええ。でも、うちの人と番頭さんだけが連れて行かれてよかったとも言えませんでね」

「そりゃそうです。迂闊(うかつ)なことを申しまして」

佐次は、素直に頭を下げた。

「いったい、『錦松』はどうなるんですかねぇ」

家の中を見回しながら、小梅は誰にともなく口にした。

「皆目見当がつかないんですよ」

おすまが力なく答えると、

「以前、髪結いのお園さんと世間話をしているとき聞きましたけど、奢侈禁止令に背いたくらいじゃ、死罪にはならないそうよ」

利世が、母に向かって励ますように声を掛けた。

「だけど、闕所となると家屋敷を取られるし、この先、商いが出来るかどうか――」

おすまの嘆きに、利世は声もなく、小梅も佐次も口にする言葉が見つからなかった。

「髪結いのお園さんといえば、出入り口の閉ざされた『錦松』近くの自身番で、顔を合わせた時、利世さんの消息が分からないと心配していたんで、知らせてやろうかと思うんだけどね」

「でも、お園さんの住まいを記した書付を家に置いたまま出て来たもんだから、細かいところまではっきりとは」

首を捻った利世は、

「でも確か、市ヶ谷か四谷の方だったと思います」

自信なげな物言いをした。

五

厩新道（うまやじんみち）にある居酒屋に入るのは初めてのことだった。

利世に会いに千住に行った小梅は、昼過ぎに日本橋高砂町に戻ってくると、目明かしの矢之助に会わせてほしいと、下っ引きの栄吉に頼んでいたのだ。

「夕刻六つ（六時頃）、厩新道の居酒屋『鶴亀』でどうだ」

『灸据所　薬師庵』にやってきた栄吉に尋ねられた小梅は、大きく頷いた。

厩新道は、日本橋高砂町から目と鼻の先のところである。

六つの鐘が鳴っている間に居酒屋『鶴亀』で落ち合うとすぐ、小梅は、利世とその母親に会いに行ったことを、矢之助と栄吉に打ち明けていた。

「料理屋『錦松』には、三月ほど前から、おかしな二人連れの客が何度も来ていたって言ってましたが、一人の男は変わらないものの、連れは来るたび変わっていたようです」

「ほう」

矢之助は、小梅の話に興味を示した。

小梅がさらに、いつも来る男の二の腕に彫物があるのを見たというお里の話をすると、矢之助と栄吉は、口に運んでいた盃を、思わず止めた。

「それに、その女中から、もうひとつ妙な話を聞いたんですよ」

それは、おすまと利世の住まう百姓家を出た後、お里が小梅に話してくれたことだった。

『錦松』に役人たちの手入れがあった朝、お里は目明かしにそっと呼ばれて、

「この家には、娘の髪を結いに、女髪結いが来てるのを見たと言うもんがいるんだが、本当か」

鋭い目を向けられたということだった。

知らないとは言えず、お里が頷くと、女髪結いの名と住まいを言えと迫られたが、それは知らないと嘘をついた。しかも、

「『錦松』に来たお客の誰かが世話してくれたので、お嬢さんも髪結いさんのことはあまりご存じないと思います」

とまで話を作って、目明かしを煙に巻いたのだと打ち明けられたのだ。

「どうやら、どこかの誰かが、料理屋『錦松』に前々から眼を付けていたようだな」

　矢之助が呟くと、

「そりゃ、やっぱり、南町奉行所ですかね」

　栄吉が矢之助の顔色を窺い、

「奉行の鳥居耀蔵様は、目付の時分から、相手がお武家だろうが大店だろうが、これと狙いをつけたらいろんな手を使って探りを入れてたって噂がありますから」

　声を低めて口にした。

「だがな、鳥居様ってお人が、そんな間怠い手を使うかどうかだな。噂によれば、白黒はっきりしてなくても、てめぇが黒と思えば黒にしちまうような性分らしいからよ」

　そう言って、矢之助は酒を含んだ。

「でも、髪結いのことを尋ねた目明かしにしろ、腕に彫物のある客にしろ、『錦松』はやっぱり、誰かに見張られていたような気がするんですよ」

　自信なげな声を出した小梅は、ぐい飲みをゆっくりと口に近づけた。

六

日が昇って半刻（約一時間）は経つが、大川の岸辺には川面から立ち上る靄が薄く這っている。

下っ引きの栄吉の後に続いて、蛎殻河岸を急ぐ小梅の顔は、寒気に晒されてじんじんと冷たくなっていく。

「箱崎の水辺で、刺し殺された男の死体が上がった」

栄吉がそんな知らせを持ち込んできたとき、小梅とお寅は、日本橋高砂町の家で朝餉を摂っている最中だった。

「男の左腕に彫物があるんで、うちの親分が、小梅さんに見てもらいたいと言ってるんだよ」

矢之助親分からの言付けを聞いた小梅は、栄吉とともに箱崎に向かっているのである。

武家屋敷の並ぶ蛎殻河岸を下流へと進むと、箱崎とを結ぶ永久橋がある。

日本橋川が大川に注ぎ込む辺りに出来た箱崎は、町家と大名屋敷が混在する洲のようなもので、永代橋の西側の渡り口でもあった。

栄吉に続いて永久橋を渡った小梅は、田安中納言家下屋敷の門前にある町番屋の傍で足を止めた。

そこには、町役人や土地の若い衆たちが取り巻く輪の中に、北町奉行所同心の大森平助や目明かしの矢之助、ほかに土地の目明かしが二人と、奉行所の小者や下っ引きたちが立っていたり屈んだりしている様子が窺えた。

場所柄か、野次馬の姿はほとんどない。

小梅が栄吉に連れられて、人の輪の中に入ると、

「お、来てくれたか」

大森から声が掛かった。

「さっそくだが、見てもらおう」

矢之助が掛けられていた筵(むしろ)を捲(めく)ると、どっぷりと水を含んだ着物を着ている男の死体が仰向けにされていた。

蠟(ろう)のように白い男の顔に見覚えはない。

「これなんだがね」

　そう言うと、矢之助が死体の左側の袖を肩まで捲り上げ、腕に巻き付くように彫られた蛇の彫物を見せた。

「料理屋『錦松』に度々現れた客の男の腕に、縄のような彫物があったと矢之助から聞いていたんで、来てもらったんだよ」

　愛想こそないが、大森は丁寧な物言いをした。

　頷いた小梅が、改めて彫物を見ると、赤く開いた蛇の口には賽子が咥えられており、細く尖った尻尾が肘のあたりで跳ね上がっている絵柄だった。

「せっかくですが、彫物を見たのは、お里さんという『錦松』で女中をしていた人でして、わたしが見たというわけじゃありませんで」

　有り体に述べた小梅は、

「お里さんは、赤黒い縄か木の枝のようだったと言っていましたけど、蛇の尻尾の辺りがそう見えたのかもしれません」

　そう付け加えると、大森も矢之助も、得心したように小さく頷いた。

　その時、囲んでいた人の輪が切れて、大森と似たような装りをした二人の侍が、三人の小者を引き連れて現れた。

その後ろには、大八車を曳いた人足の姿もあった。

「方々は、どなたかな」

大森が問うと、

「南町奉行所、定町廻 同心、草津甚五兵衛」

大森より年かさの、首の太い侍が、表情を変えることなく名乗った。

「同じく、大山多三郎」

二十代半ばくらいの細い目をした侍は、

「死骸を検めさせてもらう」

見下すような物言いをして、露出していた死体の腕の彫物に眼を留めるとすぐ、草津に頷いてみせた。

「この死骸は、南町が預かることにする」

草津が無遠慮な口を利いた。

「なんと申される」

思わず足を踏み出した大森が異を唱えると、

「この男は、われらが追っていた人殺しに関わりがあるものと思われる。今月は、北町奉行所が月番ではあろうが、継続中の一件に繋がるとも拝察される故、われらが預かる」

「しかし」

大森が、草津の物言いに口を挟んだ。

「なにか異議があるならば、北町のお奉行、遠山様から、南町のお奉行、鳥居耀蔵様に申し出られることだな」

高慢さを貫く草津に睨まれた大森たちから、言葉はなかった。

「よし、運べ」

大山が命じると、同行していた小者と車曳きの人足たちが死骸を大八車に乗せ、筵を掛けた。

「行くぞ」

大山から声が掛かると、大森たちへ一言の挨拶もなく、大八車と南町奉行所の者たちは急ぎ立ち去って行った。

南北の奉行所が、一月交代で職務に就くことは、栄吉から聞いて小梅も知っている。

その月の当番に当たることを月番というのだが、月番ではない奉行所が休みということではなかった。月番は表門を開き、非番の方は大門を閉じるものの、訴えに駆け込む者のために潜り戸は開けてあった。

その月の訴えは月番が受け付け、非番は受け付けないというだけで、事件が起きれば月番非番の区別なく出動しなければならないのだった。

永久橋を渡っていく南町奉行所の一団を見送る大森と矢之助の背中には、無念さが滲んでいた。

死骸を渡すほかなかったとはいえ、取り掛かろうとしていた案件を横取りされた落胆は、さぞ大きかったに違いない。

火鉢の炭火と五徳に載せられた鉄瓶から立ち上る湯気で、『灸据所　薬師庵』の四畳半の療治部屋は暖かい。

昼が近い、四つ半（十一時頃）という頃おいである。

畳に敷かれた二枚の薄縁のひとつには、背中いっぱいに天狗の彫物を背負った火

消し人足が腹這っており、

「もっと熱くなるくらいの艾を載せてくんねぇ」

さっきから、灸を据える小梅に注文を繰り返していた。

「熱けりゃ効くってもんじゃないんだよ新五郎さん」

指先を唾で湿らせた小梅は、いつもの大きさの艾を天狗の眼の下に据えた。

新五郎は、大伝馬町から高砂町、堺町、堀江町一帯を受け持つ町火消の、壱番組『は』組の火消し人足である。

「常三よぉ、浅草の芝居町には行ったのかよ」

新五郎が、隣りの薄縁でお寅に灸を据えてもらっている魚売りの常三に、腹這ったまま声を掛けた。

「まだだよ。芝居小屋が遠くに行っちまって、なんだか億劫でさぁ」

「なに言ってんだい。毎日盤台担いで売り歩いてるんだから、浅草までどうという道のりじゃあるめぇ」

お寅はそう言うと、常三の腰のあたりをピシャッと叩いた。

「芝居を見に行くだけとなりゃ、億劫にもなろうが、その後は浅草寺裏に行くことにすりゃ、足も軽くなるんじゃねぇのか」

「なぁるほど。浅草寺の裏を目指す手があったねぇ。新五郎さん、恩に着ます」

常三の声が、俄に色めき立った。

浅草寺の裏には入谷の田んぼがあって、そこには、北里とも称される吉原遊郭があった。仲間と吉原に遊びに行く男衆は、『御籠りに行く』などと言って誤魔化していたが、そのくらい女房達はとっくに見抜いていたのだ。

「新五郎さん、『肩髎』というツボはここなんだけど」

小梅はそう言って、天狗の彫物の鼻先を指先で押し、

「ここに灸を据えると、痕が残って黒子に見えてしまうけど、いいのかね」

「鼻くそに見えなきゃ、いいよ」

新五郎はきっぱりと言い切った。

「中には、鼻くそと見る人もいるかもしれないけどね」

小梅は、脅すつもりなどなかったが、

「そりゃあ困る、鼻くそに見えちゃ、女郎衆に笑われらぁ」

新五郎は、切羽詰まった声を発した。

「女郎衆じゃなくったって、きっと、あたしだって笑うねっ」

横合いから冷ややかな口を差し挟んだのは、お寅だった。

「えっ」

短い声を上げた新五郎は、あとはただ、低い唸り声を洩らした。

七

銀座にほど近い日本橋竈河岸は夜の帳に包まれている。

六つ（六時頃）の鐘が打たれてから、半刻（約一時間）ばかりが経った頃おいである。

月は出ていないが、町家の通りには明かりが洩れ出ており、足元が見えないというほどの漆黒の刻限ではない。

裁着袴の小梅は竈河岸の堀端に出ると、右へと折れた。

『灸据所　薬師庵』で療治をするときと、出療治に行くとき以外は裁着袴を穿くことはないのだが、夜行の時は穿くことにしている。

小梅が向かっているのは、住吉町の『嘉平店』に住む、正之助の家である。

この日、小梅は朝早くから大忙しであった。

箱崎町に行って、殺された男の死体の腕にある彫物を見せられた後、すぐに浅草に向かった小梅は、その帰りに日本橋通旅籠町の口入れ屋『杉の家』に立ち寄った。

「読売を売り歩いてる吉松さんに頼みごとと相談があるんだけど、今夜、正之助さんの家に呼んでもらうことは出来ないかねぇ」

小梅が、帳場に着いていた正之助に手を合わせると、

「吉松のとこには治郎兵衛さんに行ってもらうから、六つ半頃（七時頃）にうちにおいでよ。もし吉松が駄目なようなら『薬師庵』に知らせに行ってもらうから」

正之助からそんな返答をもらったのだが、「駄目」という知らせは来なかった。

五軒長屋の一番奥にある正之助の家の腰高障子に、中の明かりが映っていた。

「こんばんは。小梅だけど」

声を掛けるとすぐに戸が開けられて、

「お。上がんな」

顔を出した吉松に勧められるまま、小梅は土間に足を踏み入れた。

「夜分にすみませんねぇ」

土間を上がった小梅は、長火鉢を前にしていた正之助に軽く手を突いた。

「小梅ちゃん、一杯どうだい」

返事も聞かず、正之助は近くの茶箪笥から猪口を出して、小梅の前に置く。

五徳に載った鉄瓶には一合徳利が二本、お湯に浸かっており、長火鉢の猫板には昆布巻きや炙った目刺しが皿に置かれていた。

「ともかくどうぞ」

吉松から、猫板にあった徳利を差し出された小梅は、

「遠慮なく」

猪口で受け、一口飲む。

「小梅さんから相談事があるって聞いて、もしかしたら、惚れたと打ち明けられるのかと思って、おれはどきどきのしっ放しだったよ」

目尻を下げた同い年の吉松は、そう言いながら、無遠慮に目刺しをかじった。

「そういうことなら、どうして三代目を通さなきゃいけないんだよ」

小梅が即座にそう言うと、

「あ、そうか」

あっさり得心した吉松は、「ははは」と笑って、湯呑の酒を飲み干した。

「それで、吉松に頼み事っていうのはなんなんだい」

「これなんですがね」

小梅は、正之助に問いかけられるとすぐ、折り畳んでいた紙を懐から出し、二人の前で広げて見せた。

「へぇ、賽子を咥えた蛇じゃねぇか」

吉松が呟くと、

「これは、小梅ちゃんが描いたのかい」

出来栄えに驚いたように、正之助は眼を丸くした。

「違いますよ。浅草の市村座に行って、大道具方の知り合いに描いてもらったんです」

小梅は、大きく片手を打ち振った。

そして、今朝、箱崎で見た男の死体の、左の二の腕に彫られていた図柄なのだと打ち明けた。

さらに、その殺しの調べに取り掛かろうとしていたのは、知り合いの北町奉行所の役人と厩新道の矢之助親分たちだったのだが、突然現れた南町奉行所の役人に死体も調べも横取りされてしまったという出来事まで伝えた。

「調べを横取りされたみなさんの悔しそうな顔を見て、なにかお手伝いが出来ないかと思って、死体の彫物を絵に描いてもらったんです」

小梅が頼んだ大道具方というのは、舞台で使う背景や書割も受け持つので、絵筆を執らせれば、並の絵師と比べても遜色がない。

「この蛇の絵を、出入りしている版元に頼んで刷ってもらって、吉松さんに町のあちこちや盛り場で売ってもらいたいんだよ。その刷り物には、蛇の彫物をしている男には恩があるとかなんとか書いて、心当たりのある人は版元に知らせてくれとかなんとか、〈尋ね人〉の体裁でさぁ」

「売り切れたらいいが、残ってしまうと、版元に、損料を出せって言われるかもしれねぇよ」

「一両、二両（約一〇万～二〇万円）かい」

小梅が問いかけると、

「まさか。高くて一朱（約六二五〇円）かその半分の百二十五文ってとこかね」

吉松からはそんな答えが返ってきた。

「それくらいならなんとかなるから、よろしく頼むよ」

小梅が、小さな笑みを浮かべて頷くと、

「分かった」

吉松は、顔を引き締めて小さく頷いた。

八

昨夜から降り始めた雨は、朝方になって雨音は止んだものの、まだそぼ降っているようだ。

小梅は外の様子を見たわけではないが、四半刻（約三十分）前、『灸据所　薬師庵』にやってきた大工の丹造（たんぞう）が、

「霧雨になっちまったよ」

ぼやきながら諸肌（もろはだ）を脱いで、畳の薄縁に腹這いになったのである。

丹造の肩や腰には、灸の痕がついている。長年抱えている肩と腰の不具合を療治した証である。

「ううっ。効くねぇ」

背中の艾から煙が昇ると、丹造の口から感じ入った声が洩れた。

もっとこまめに療治すればいいのだが、嵐や雨の日しか休めない大工は、痛みを抱えたまま普請場に向かうので、完治させるのが覚束(おぼつか)ない。

四日前、蛇の彫物に関する読売を頼んでいたのだが、その後、吉松からこれという知らせはなかった。

「こんにちは」

戸口で女の声がした。

「はぁい」

返事をしたお寅が、居間を出ると出入り口に行き、戸を開けた様子が、音を通して手に取るように小梅に伝わった。

「小梅さんはおいででしょうか」

「あの子は今、療治の最中なんだがねぇ」

お寅が、訪ねて来た女に返事をすると、

「そしたら、娘さんにお礼を言っといてください。いえね、この前うちの子に寝小便を止める灸を据えてもらったんだけど、これが効いてるんですよ。灸を据えてもらって以来今日まで、寝小便をしなくなりました」

女が口にしたことに、小梅は心当たりがあった。

母親に正吉と呼ばれた六つか七つくらいの男児に、寝小便止めの灸を据えた覚えがあったのだ。

「それでまぁ、お礼といっちゃなんだけど、これをみなさんで」

「へぇ、美味そうな干物じゃないか」

嬉し気なお寅の声がした。

「あたしの親が、築地の南小田原町で魚の干物を作ってるもんだから」

「遠慮なく頂戴するよ」

「それじゃ、あたしは」

「ありがとよ」

お寅の声がするとすぐ、戸の閉まる音がした。

するとまたすぐ、勢いよく戸の開く音がして、

「お寅さん、お久しぶり」

気負い込んだ吉松の声がした。

「あれ。雨はやんだのかい」

「うん。ほんの少し前。それより、小梅さんはいるかい」

「療治が終わるまで、奥でお待ちよ」

「へい」

吉松が、お寅の勧めに従って、居間の方に向かう足音が聞こえた。

療治を終えて帰る大工の丹造を戸口で送り出すと、小梅は急ぎ居間へと踵（きびす）を返した。

「なにかあったのかい」

入るなり声を掛けると、お寅の向かいで茶を飲んでいた吉松が、

「あった」

喉を締め付けるような声を出して、湯呑を長火鉢の縁に置き、

「昨日の夕刻、彫物の一件を載せた読売を手にして、目明かしが版元に来たんだよ」

　怪談話でもするように声をひそめた。

「目明かしが」

　小梅は呟くと、小首を捻った。

「その目明かしは、蛇の彫物の男のことを知りたいのはどうしてかと聞くから、おれは咄嗟に嘘をついちまった」

　そう口にした吉松は、口の端を歪めて小さく笑った。

　大分昔に馴染んでいた男の行方を捜している女が来て、ただ一つの拠り所である彫物の絵を読売に載せて、捜し当てたいと頼まれたので、漢気を出して引き受けたのだと、吉松はそう返答したという。

　目明かしから、女の名と住まいを尋ねられたが、

「女は、時々、版元に様子を聞きに立ち寄ると言って、名と住まいは明かさなかったんだと、そう誤魔化しておいた」

「よく気が回ったじゃないか」

小梅は、吉松を持ち上げた。

「ちょいと、蛇の彫物だの読売だのって、いったい何なんだい」

お寅がいきなり口を挟んだ。

小梅は一瞬迷ったが、

「ほら、料理屋『錦松』に降りかかった災難を話したじゃないか」

お寅にそう返答した。

後で、「のけ者にされた」などと言いがかりをつけられてはたまらない。

役人の手が入る直前まで、客として度々『錦松』に来ていた男の左の二の腕に、縄のような絵柄の彫物があったことは、お寅にも話していた。

「四日前、箱崎町で見つかった死体の左の二の腕に、蛇の彫物があったんだよ」

小梅はお寅にそう言うと、『錦松』に来ていた男との関連も考えられるので、死体の男は何者か探ろうとしたのだと打ち明けた。

「それよりも、今朝、版元に行ったらすぐ、読売に載っていた蛇の彫物の男を知ってるという男が現れたんだよ」

「なんでそっちを早く言わないんだよ」

小梅が吉松に向かって声を荒らげると、

「おれも迷ったけど、事が起きた順に話した方がいいと思ったんじゃないかよ」

吉松は口先を尖らせた。

「吉松さん、こんな娘の言うことなんか気にしないで、その先をお話しよ」

お寅が、労りの声を掛けると、

「版元に来た男は、一年半以上前に、小伝馬町の牢屋敷の無宿人が入れられる西二間牢で、蛇の彫物の男と十日ばかり一緒だったそうだ」

吉松はそう口にした。

「その彫物のある男の名は」

「賽の目の銀二と名乗っていたらしい」

吉松は小梅の問いかけに、素直に応じた。

「版元に来た男ってのは、なんで牢屋敷に入れられたんだい」

小梅が尋ねると、

「両国で破落戸と喧嘩になって、相手に怪我させた科らしいが、そいつが言うには、酒に酔っていて、そのことは今でも思い出せねぇとさ」

「だけど、一文にもならないっていうのに、どうしてわざわざ版元に教えに来たんだい」

「それが、その男は教えに来たんじゃねぇんですよ」

吉松は、不審を口にしたお寅に、密やかな声で返答した。

版元に来た男は、『賽の目の銀二』の居所が分かったら教えてほしいと、頼みにやってきたのだという。

牢内で、何度となく銀二に飯を脅し取られたその男は、「あんな小狡い男は見たことがねぇ」と口を尖らせ、「牢名主に取り入ってうまく立ち回る小悪党だ」とも謗った。

「読売で銀二を捜してる者にすりゃ恩人かも知れないが、おれにとっては恨みを向ける敵なんだ。だから、銀二の消息が分かったら、おれにもそっと知らせてもらいてぇ」

男はそう言って、吉松に手を合わせた。

「消息を知ったらどうするんだい」

吉松が尋ねると、

「銀二の口ん中に、泥を詰め込んでやるのよ」

そう言って、男は肩をそびやかした。

「見つかったら知らせてやると言って、その男の塒(ねぐら)は聞いたけど、知らせることは金輪際あるめぇ」

「そうだね」

小梅は相槌を打った。

何者かに刺殺された『賽の目の銀二』が、この世に現れることはないのだ。

賽子を咥えた蛇の彫物をしていた男の名が、賽の目の銀二というのはあまりにも符牒(ふちょう)が合いすぎるのが気になるが、このことは、明日にでも、矢之助親分には伝えておくことにした。

九

『灸据所　薬師庵』の外に出た小梅は、思わず襟元(えりもと)を掻き合わせた。

日は心持ち西に傾いており、日射しは強い。

日射しはあるが、通りを吹き抜ける風が首筋をひんやりと撫でて行った。

遠くへ出かける用事なら、襟巻を取りに引き返したいところだが、小梅の行先は町内の自身番だった。

灸の療治をしている最中に『薬師庵』にやってきた栄吉から、

「療治が済んだら、大門通の自身番に来てもらいてぇ」

そう乞われていたのだ。

自身番には北町奉行所の同心、大森と目明かしの矢之助も来ていると、栄吉は言い添えていた。

読売の版元にやってきた男が、蛇の彫物の男は、『賽の目の銀二』だと告げたと吉松の口から聞いてから二日が経った、恵比寿講の翌日である。

高砂町と新和泉町の間を南北に貫く大門通の角地にある自身番の表に立つと、

「小梅です」

上がり框の障子の奥に声を掛けた。

すぐに中から障子を開けた栄吉が、上がるよう目顔で知らせた。

上がり框を上がった小梅が、三畳の座敷に入ると、胸の前で腕を組んだ大森と、浮かない顔をしている矢之助がいた。

「あの」

小梅は、栄吉が矢之助の傍に控えるとすぐ、声を掛けた。

「小梅さんから『賽の目の銀二』の名を聞いた翌日、つまり昨日から今日にかけて牢屋敷に赴いて、一年半くらい前の入牢記録などを調べてみたが、銀二に関する書付の多くが散逸していてな」

大森が吐き捨てるような物言いをした。

「入牢した者が、どんな処罰を受けて、その後どう扱われたかということは、紙数の多少はあっても纏まって残っているらしいんだが」

「それが、纏まっておらんのだよ」

大森は、矢之助の言葉を断ち切るように口を挟んだ。

大森によれば、『賽の目の銀二』は一年半ほど前、深川の博徒同士の抗争で、相手に傷害を負わせて小伝馬町の牢屋敷に入牢したのち、江戸十里四方お構いの刑を受けたとの書付はあったものの、その他の書付のほとんどが見当たらないという。

千代田の城を中心にして、半径五里（約二〇キロメートル）以内に入ってはならないというのが十里四方お構いという刑だった。

追放された者は、落ち着き先が決まったら土地の役人に、処罰の内容を記した『御構状』を示しておかないと、無宿人として捕縛される恐れがあった。

『賽の目の銀二』が江戸から離れた土地に行って『御構状』を提示していたなら、江戸の奉行所に文書が届いてもおかしくはない。

それが見当たらないというのは、提示先の役人の怠慢か、書付の紛失ということになる。

大森は、一年半ほど前の、『賽の目の銀二』が引き起こした傷害事件を扱った南町奉行所に尋ねたのだが、なんとも要領を得ない返事しかなかったと述べた。

そこで、先日、大川に浮かんでいた『賽の目の銀二』の死体を南町奉行所の同心二人に引き渡したことを話して、その後の調べについても尋ねたが、

「それならば、死体を受け取った草津甚五兵衛に聞かれるがよかろう」

木で鼻を括ったような声が返ってきたと、大森は満面に怒りを滲ませた。

「追放の刑を受けたら、いつまで江戸には戻れないのでしょうか」

恐る恐る小梅が問いかけると、

「その期限というのはないんだよ」

　矢之助からそんな言葉が返ってきた。そして、

「だが、追放された者でも、いっとき立ち退いてほとぼりを冷ますと、こっそりと江戸に潜り込む奴はいるんだよ。そん時は怪しまれないように合羽を着て、草鞋を履いての旅姿になるんだ。万一見咎められたら、親の墓参りで来たと言い逃れるためにね」

　とも付け加えた。

「そうなると、『賽の目の銀二』も、江戸に舞い戻っていたということですね」

　栄吉が身を乗り出した。

「そのことを、『賽の目の銀二』の一件を扱った南町の役人に聞いてみたが、あずかり知らぬということだった。それに、死体が江戸で上がったからといって、江戸に潜り込んでいたとは限らぬとも言いやがった。大川は武蔵国の奥から流れ来て、海に続く川ゆえ、その死体もはるか上流から流れ着いたのではないかとほざきやがった。冗談じゃねぇ。流されて来た死体なら、川底で揉まれたり岩にぶつかったりして、顔も体も傷だらけになっていたはずじゃねぇか。だが、あの男には、腹の急

所を刺された傷がひとつだけだ。一突きで急所を狙える腕前からすると、相当の手練れの仕業だよ」

大森は、憤懣をぶちまけた。

大森が口にしたことには得心がいった。

『賽の目の銀二』と思える死体の顔にも腕にも、眼につくような傷痕を小梅はひとつも見なかったのだ。

十

日本橋高砂町界隈は炎に包まれたような赤に染まっていた。

ほどなく七つ半（五時頃）になろうという頃おいである。

「蛇の彫物を二の腕にしていた男を知っているという男と、三光稲荷で六つ（六時頃）に会うことになっているから、出られないか、とのことです」

半刻（約一時間）前、『灸据所　薬師庵』に吉松の言付けを持った使いがやってきて、そう告げ、

「その男は、以前、銀二に恨みを抱いてると言った男とは別人だと吉松さんが言ってました」

とも言い添えた。

「分かったよ。わたしは七つ半に行くと言っておくれ」

小梅は、吉松の使いに返事を託した通り、残照を浴びた通りを三光稲荷へと足を向けていた。

北町奉行所の同心、大森平助が、『賽の目の銀二』に関する南町奉行所の対応に怒りを向けるのを目の当たりにした、同じ日の夕刻である。

大門通に入る角を右へ曲がったところで、行く手から現れた女とぶつかりそうになった。

「今から、お宅へ伺うところでした」

そう口を開いたのは、歯の高い下駄を履いた髪結いのお園だった。

手に提げた風呂敷に包まれているのは、髪結いの道具箱だろう。

「その後、『錦松』の利世さんの消息が分かったのかどうか、お聞きしようと思って」

「分かりましたよ。そこを訪ねてお袋様にも会って来ました。だけど、お前さんの住まいを知らないから、知らせようもなくてね」

住まいを知らせようともしなかったお園に、小梅は恨みがましさを少し込めた。

「それはすみません。初めてお会いした日に、わたしは利世さんから、日本橋高砂町の『薬師庵』の灸師さんだとも聞いておりましたので、こうしてこちらに」

素直に頭を下げたお園に、

「ま、いいけどね」

そう呟いた小梅は、利世とその母親が、千住掃部宿にいることを伝えた。

料理屋『錦松』に奉公していた女中のお里のことは、お園も知っている。そのお里の実家が氷川神社の裏手にあることを教えた。

「ありがとうございます。折を見て、行ってみます」

そう言うと、お園は辞儀をして堀江町入堀の方へと足を向けた。

「あ」

小梅が思わず声を洩らした。

お園が何ごとかと振り向くと、

「なんでもない」

小梅は笑って右手を左右に打ち振った。

もう一度辞儀をすると、お園は堀江町入堀の方へ向かって歩み去った。

小梅がお園に言いかけたのは、千住に行った時、お里から聞かされた事柄だった。

「この家には、娘の髪を結いに、女髪結いが来てるのを見たと言うもんがいるんだが、本当か」

目明かしから、そう尋ねられたということだった。

お園にそのことを言っておこうかと思ったのだが、気を重くさせてはなるまいと、小梅は伝えるのをやめることにしたのである。

通りの先からお園の姿が紛れて行くと、小梅は大門通を北へと向かった。

三光稲荷は、半町（約五五メートル）ばかり先の四つ辻を左へ曲がった先にある。

小梅が稲荷の境内に足を踏み入れると、祠の近くに二つの人影が立っているのが眼に入った。

二人とも綿入れの着流し姿だが、髷を結っているのが吉松で、傍にいた男は総髪にしている。

「小梅さん、こちらは広助さんといいなさるお人だよ」

吉松が名を口にした男は、小梅に小さく頭を下げた。

「やっぱり、賽子を咥えた蛇の彫物の男は、銀二って名に間違いないそうだ」

吉松がそう言うと、広助は、大きく相槌を打った。

そして、

「二月前に品川の賭場で顔を合わせたが、一年半前に江戸お構いになってたあの野郎は、一年以上も前から江戸に戻って来てたらしいんだよ」

役人が聞いたら眼を剝きそうなことを、あっさりと口にした。

「以前、身を置いていた博徒のもとには戻っちゃいなかったが、妙に羽振りがよかったよ。博奕で儲けたのかと聞いたら、なぁに、江戸にゃ太い金蔓があるからありがたいよ、なんて言ってたがね」

「金蔓がねぇ」

小梅は、広助の話を聞いて、独り言を洩らした。

「お前さんが、銀二と知り合ったのは、いつ頃のことだい」

吉松が問いかけると、

「最初は一年半以上も前の賭場だよ」

広助ははっきりと答えた。

「それは、さっきの品川の賭場のことか」

「初めて知り合ったのは、深川の賭場だよ」

広助は、吉松の問いかけを打ち消し、

「おれは客として行ったが、銀二はそのころ、賭場を仕切っていた油堀の猫助の子分だった。賭場の見張りとか貸金の取り立てとかやらされてた、下っ端の一人だったんだ」

銀二との経緯を述べた。

広助の話の中に出てきた『油堀の猫助』という名を聞くのは初めてのことであった。

十一

このところ、小梅は『灸据所　薬師庵』での療治と、昼からの出療治に飛び回っていた。

『賽の目の銀二』にまつわることで家を空けることが重なってしまい、灸の客をかなり待たせてしまっていたのだ。

「お前が外を飛び歩いてるときに、このあたしは、休む間もなく働きづめに働いていたんだ」

とか、

「なんやかんや言って家を空けてるが、本当は外で美味いものを食べ歩いてたんじゃないのかい」

などと、お寅から文句と嫌味を浴びせられるに及んで、この二日ばかり、小梅は頼まれていた療治を懸命にこなしたのである。

「どうもありがとう。気を付けて帰ってね」

小梅は、『灸据所　薬師庵』での療治を終えて帰っていく老婆を、戸口の外まで案内して、見送った。

老婆の姿が浜町堀の角を曲がって消えると、小梅は小さく「ふう」と息を吐いて、家に向けかけた足を止めた。

老婆が消えた方から、姿を見せたのは、お園だった。

「昨日、千住に行って、利世さんとおかみさん、それに女中をしていたお里さんにも会ってきました」

お園は、小梅の前に立つとすぐ、静かに口を開いた。

利世とその母親が千住掃部宿にいるということを伝えた日から、二日が過ぎていた。

「もし、ご用がなければ、これからわたしと浅草に付き合ってもらいたいのですが」

お園の声は静かだが、何か、思い詰めたような重みが感じられた。

「お前、いつまで見送って」

戸口から顔を出したお寅が、そこまで口にして、

「あら、お客さんかい」

急に笑みを作り、愛想のいい声を発した。

「こちらは、料理屋『錦松』で知り合った、髪結いのお園さん」

小梅がお寅に引き合わせると、お園は丁寧に頭を下げた。

「おっ母さん、今日は昼からのお客は居ないから、これからお園さんと出かけていいね」

「そりゃまぁ、いいけど。急に加減が悪くなったとかなんとか言って、灸を据えてもらいたいという人がいるからねぇ。いえね、お園さん、そういう人がいるもんですから、おちおちゆっくりも出来ないんですよ。ことに一人だとね」

おのれに降りかかるであろう災難を、お寅は満面に笑みを浮かべてやんわりと訴えた。

「分かったよ。昼からは『やすみます』の札を戸口に掛けたらいいじゃないか」

小梅が自棄（やけ）のように言い放つと、

「そうするしかないだろうねぇ」

お寅は、さも無念そうに口にして、ため息まで洩らした。


小梅は、浅草に向かうお園に付いて、大川の西岸を北へと向かっている。

日本橋高砂町を出てから、半刻（約一時間）ばかり経っていた。

浅草御蔵前を通り過ぎた先に、竹矢来が打ち付けられた料理屋『錦松』の出入り口が右手に見えた。

「もう少し先に」

お園は、足を止めることなく、浅草寺の方へと歩き続けた。

駒形河岸の川端に立つ駒形堂を囲むようにある広場の一角で、お園は足を止めた。

「あそこに料理屋が見えるでしょう」

お園は、駒形堂の東側の通りに面した二階家を指さした。

巡らせた塀の中から植木が枝を伸ばしており、造りも大きい。

「料理屋『錦松』にしろ、あの『東雲亭（しののめてい）』にしろ、この辺りの料理屋というのは、浅草寺に集まる参詣人、行楽のお客で持ってるようなものでしてね。昼時も、夜も、混み合ってるんですよ」

お園が言うように、白地に黒で『御料理　東雲亭』と記された暖簾を割って、先刻から幾人もの客が出入りしている。

「でもね、『東雲亭』はこの二、三年、客足が落ちて難儀してたんです。そのわけははっきりしてまして、ひとつには客あしらいが悪く、その上、味が落ちたという評判が立ってしまって、多くの客はこの前を通り越して、黒船町の『錦松』に流れていたんです」

お園が口にしたことは、小梅には初耳だった。

「焦った『東雲亭』は、一年前、『錦松』の料理人を一人引き抜いたんですけど、客足が戻ることはありませんでした」

そこまで口にしたお園は、「ですがね」と声を低め、

「この前、奢侈禁止令に背いた罪で『錦松』が閉ざされると、ああして客足が戻ってるんですよ。これは、たまたまこうなったことなんでしょうかねぇ」

そう言うと、お園は、頭を下げて客の送り迎えをする『東雲亭』の番頭や女中の様子を顎で示した。

「お園さん」

真意を測ろうと、小梅が呟くと、

「千住へ行って、いろいろ聞いてきました。三月も前から、『錦松』には彫物をした男がたびたび客として来ていたということです」

「それが、何か」

小梅には、お園が何を言おうとしているのか、見当もつかない。

「世の中の裏側には、商売仇を潰すために、相手を罠に嵌めたりするのを大金で請け負う連中もいるんですよ」

お園の話に、小梅は声もなく、口を半開きにした。

「そういうことを考えると、客としてたびたびやって来ていた彫物の男とその連れは、『錦松』の店の中や利世さんやおかみさんの部屋にまで入り込んで、密かに持ち込んだ贅沢品を忍ばせていたんじゃないかと思えるんですよ」

「でも、手入れに入ったのは、南町奉行所だと」

小梅は思わず身を乗り出した。

「準備が万端整ったところで、誰かが奉行所にそっと知らせれば済みますよ」

「じゃ、あの『東雲亭』が仕組んだと？」

「さぁ。だけど、『錦松』を奢侈禁止令に背いたかどでお縄にすれば南町奉行所のお手柄になるし、商売仇がひとつ減れば、『東雲亭』には客が戻ります」

「わたしをここまで連れ出してそんな話をしたのは、いったいどういうわけか、聞かせてもらいたいもんですね」

物言いは丁寧だったが、小梅の眼は、お園の顔色を鋭く窺っていた。

「この前、箱崎の方で川に浮かんでいた男の死体が見つかりましたよね」

お園が落ち着いた声で話を変えると、

「そのことをどうして」

眉をひそめた小梅は、低い声を向けた。

「あの日は、前の晩に泊まった深川からの帰りだったんですよ。永代橋を渡ったあと、箱崎での騒ぎを眼にしたんです。そのとき小梅さんが土地の目明かしとも気安くしておいでのようだったので、わたしが知ってることはお伝えしておこうと思ったまでのことでして」

終始淡々と語り終え、軽く首を垂れた。

「お園さんが、世の中の裏に詳しいのはどうして」

「わたしが、お上に禁止されてる女髪結いだということはご存じでしょう」

「ええ」

「そうなると、わたしも裏の方でこっそり仕事しなきゃなりませんから、ついついいろんなことを見聞きするんですよ」

お園はそう言うと、ほんの少し笑みを浮かべて辞儀をし、浅草寺の方へ向かって歩き出した。

「お園さん」

小梅の声が聞こえなかったのか、お園の姿は人の往来に紛れていった。

お園の姿が見えなくなると、小梅はゆっくりと体を回す。

通りの向こうの『東雲亭』の出入り口に下がった、白地に黒で『御料理　東雲亭』と染められた暖簾が、ふわりと風に揺れた。

第三話　待ち人

一

江戸は月末を迎えている。

十月は小の月なので、明日の二十九日が過ぎると十一月になる。

冬の寒さは厳しくなっているが、日本橋高砂町の『灸据所　薬師庵』の療治場は暖かい。

灸を据える四畳半の療治部屋には、火の熾（おこ）った火鉢が二つ置かれ、五徳に載せられた鉄瓶からは、湯気が立ち昇っていた。

しんと静まった部屋に、鐘の音が届き始めた。

最初の一つはゴーンと長く撞かれ、二つめと三つめがゴンゴンと短く立て続けに撞かれたから、これは正刻を知らせる前の、捨て鐘である。

火鉢の炭火の弾ける音に混じって、鐘が四つ撞かれた。

「四つ（十時頃）の鐘か」

畳に敷いた薄縁に仰向けになったお玉が、眼を閉じたまま呟いた。

着物の帯を下げて、小梅は、腹を晒したお玉に灸を据えている。

へその上部、胸の骨の一番下あたりの左右にある『期門』というツボと、へその下にある『気海』という一点のツボに艾を置いて、順繰りに線香の火を点けていた。

「お玉さん、灸を据えてから、どんな塩梅ですか」

小梅は、三十に手の届こうかという常連に問いかけた。

「なんだか、すぐに苛々することは減ったような気はするんだけど」

眼を開けてそう口にしたお玉は、小さく「はぁ」と息を吐いた。

お玉は木挽町の芸者だったが、二十三の時に、神田の瀬戸物屋の主人に囲われて、高砂町からほど近い玄冶店の一軒家で暮らしている。

半年くらい前、初めてやってきたお玉は、焦りや不安を訴えていた。

「あたしがこんな年になったせいか、旦那の足が遠のく一方でしてね。噂によれば、どこかに新しく若い女を囲ったらしいっていうじゃありませんか」

焦りや不安から眠りも妨げられ、それが高じて苛立ちが募り、やがて気鬱になったのだろうというのが小梅の見立てだった。

「苛々は減ったものの、夜中ふっと目が覚めると、周りには誰もいないってことを、しみじみ思うんですよ。あぁ、誰かと所帯を持っていたらなんて。子の親になっていたらなんて、つくづく」

「そんなもんあんた、気鬱なんかじゃあるもんか。年を取れば、誰だって思うもんなんだよ」

隣りの薄縁に腹這って、お寅から、足首とふくらはぎに灸を据えてもらっているお菅が、あざ笑うかのように声を発した。

「おやめよ、お菅さん」

お寅が窘めたが、とっくに六十を超したお菅に反省の色はなく、

「ほんとにもう、いまどきの若い女は、自分一人が不幸を背負ったり、周りから冷たい目を向けられるなんてほざいたりするけど、そんなもの、みんな自分のせいな

んだ」

　顔を持ち上げて吠えた。

「うちの嫁なんか、よく物を壊したよ。茶碗に湯呑に、七輪まで壊してしまうんだから恐れ入るじゃないか。どうやったらあの七輪が壊れるんだい。あたしも我慢が切れて、気を付けろと言ったよ。そしたら、茶碗なんて瀬戸物は、壊れるように出来てるもんなんですと吐かしやがって」

「瀬戸物は壊れますか！」

　瀬戸物屋の主に囲われているお玉が、切なげな声を洩らした。

「あ。それであの嫁さんは出て行ったたってわけだ」

　お寅が大きく頷くと、

「お寅さん、それ熱いよ」

　お菅はむっとして、お寅にケチをつけた。

「おぉい。いつまで待たせるんだよぉ」

　居間の方から男の声が届いた。

「小梅、お前行って、宥めておいで」

お寅から声が掛かると、

「すみません、すぐ戻りますから」

お玉に断りを入れた小梅は、部屋を出て、待合所になっている居間の障子を開く。

「丈太さん、御免。おっ母さんが昔馴染みと話し込んで、すんなりと進まないんだよ」

そう言いながら居間に入り込んだ小梅は、長火鉢の前で目を吊り上げていた、火消し半纏を着た丈太の前に膝を揃えた。

「お寅さんがよ、五つ半（九時頃）を四半刻（約三十分）ばかり過ぎた時分に来いと言うから来てたんだぜ」

「もし待てないなら、昼過ぎか、明日はどうだろうね」

「小梅ちゃん、こっちゃ、昼過ぎも明日も用があるから今日のこの刻限にしたんだよ」

胡坐をかいていた丈太は、まるで芝居場のように、ピンと背筋を伸ばした。

「なんとか、切り上げさせるよ」

腰を上げた小梅は居間を出て、急ぎ、療治場に立ち帰るなり、

「おっ母さん、さっきから話にかまけて手が動いてないから遅くなってるんだよ。急いでおくれ」

仁王立ちのまま苦言を呈した。

「久しぶりに会ったから、つもる話もあるじゃないか」

お寅から不満の声が飛び出した。

「あぁ、もう。さっきからこちらのばぁさんの話を聞いてたら、忘れてた苛々がぶり返してきましたよ」

「なんだって」

上体を起こしたお菅が、お玉を睨みつけた。

その時、廊下の障子が勢いよく開いて、

「喧嘩する暇があったら、おれの灸に取り掛かってもらいてぇ」

丈太が、一同に怒りをぶちまけた。

「お前、丈太じゃないか」

お菅が声を上げると、

「あ。お菅さん」

呟いた丈太から、漲（みなぎ）っていた勢いが、瞬時（しゅんじ）に萎（な）えた。

「若いくせに、なんでお前が灸を据えるんだよ」

お菅の問いかけに一瞬迷った丈太だが、

「火消しはよ、梯子（はしご）掛けて屋根に上ったり、鳶口（とびぐち）で家を壊したりするから、肩や腰を痛めるんだ。火を使うこの時期、火事が増えるぜ。そんな時、体が動かねぇと、お前さん方の家から火が出ても消し止められなくなるが、それでもいいのか」

敢然（かんぜん）と言い放った。すると、

「なにを偉そうに言いやがる。お前が乳呑児（ちのみご）の時分、おっ母さんに頼まれて子守をしてやった恩を忘れたのかっ」

お菅も吠え立てて、狭い部屋には、一気に熱気が満ちた。

二

日は中天を過ぎて、ほんの少し西に傾いている。

日射しはあるのだが、大川の河口に架かる百二十間（約二一六メートル）余の永代橋の上は、寒風が通り抜けていた。

昼前の『灸据所　薬師庵』ではひと悶着起こったが、自分の療治をしぶしぶ途中でやめたお菅が、火消しの丈太にお寅を譲ってくれたおかげで、騒ぎはようやく収まった。

灸の道具箱を下げて橋を渡り終えた小梅は、東の袂を右に曲がり、深川相川町へと足を向けた。

普段、深川への出療治は滅多にない。

去年まで、『薬師庵』近くの新乗物町に住んでいた屋根屋が、一年前の火事で店を焼け出されて移り住んだので、たまに通い療治に赴いているのだ。

深川相川町は、信濃松代藩、真田家下屋敷近くにあって、大川の岸辺にあった。

そこからは対岸の霊岸島も眺められて、夏ともなると、多くの者が夕涼みに訪れるという一帯である。

だが、行先である『小助店』は、水はけのわるい場所に立ち、普請が古いうえに、潮風をまともに受け続けたらしく、壁板などは反り返っていた。

向かい合っている二棟の六軒長屋の間にはどぶ板の嵌った路地があり、小梅はその真ん中あたりまで歩を進めて、足を止めた。

「吾平(ごへい)さん、『薬師庵』です」

戸口で声を掛けると、中から戸が開けられ、

「どうぞ」

女房のお初(はつ)が、先に土間から板張りへ上がり、掻巻(かいまき)にくるまって横になっている吾平の傍に座り込んだ。

小梅も下駄を脱いで板張りへ上がると、

「うつ伏せになってもらいますよ」

そう言いながら、吾平の傍に片膝を立て、お初の手も借りて、ゆっくりと腹這いにさせた。

「その後、加減はどうですか」

上っ張りを脱いだ小梅は、道具箱から線香と線香立てを取り出しながら問いかけた。

「あれから幾分か、加減はいいんだが、道具を持って屋根に上がれる自信はねぇなぁ」

腹這った吾平は、苦笑いを洩らした。

屋根屋職人の吾平は、十日前、足を滑らせて梯子から落ちて、腰と肩を痛めていた。屋根屋というのは、瓦で屋根を葺いたり、屋根板を竹釘で打ち付けたりする高所の仕事師である。

「幸助の顔がありませんねぇ」

傍に置いてある火鉢の火を線香に移しながら、小梅は今年七つになった倅の名を口にした。

「友達と、裏の正源寺あたりで遊んでるんですよ、きっと」

そう言うと、お初は火鉢に鉄瓶を載せた。

小梅は火の点いた線香を線香立てに立てると、

「さて、始めますよ」

道具箱の引き出しに指を伸ばして艾を摘まみ、肌を晒した吾平の腰の左右二か所に載せる。

『腎愈』というツボである。

線香の火を点けると、艾が煙を上げ始めた。

静まり返った家の中に、海鳥の声や大川を行く船の櫓(ろ)の音が長閑(のどか)に届く。

吾平の腰のツボに何度か灸を据えたところで、突然、長屋の一角から大きな物音がした。

そして、すぐ、

「なんべん言ったら分かるんだよぉ、お前ら」

男の荒々しい声が響き渡った。

「あ。また来てるよ」

お初が、恐れおののいたような声を洩らした。

「出て行けと言ったら出て行けばいいんだよぉ」

先刻とは違う、野太い男の声も轟(とどろ)く。

「大家さん、こりゃあんまりだよ。隣りだってうちだって、次の家が見つからなきゃ出るに出られないんですから」

「治作(じさく)さん、だからわたしゃ、早く見つけるよう言ってたじゃないか」

「いま、治作さんって言った声の主が、大家ですよ」

お初が小梅に囁(ささや)いた。

その直後、重いものが壁板にぶつかる音がした。

「七輪壊されちゃ、困るんだよぉ」

悲痛な女の声が響き渡ると、

「そんなこと、知ったこっちゃねぇや」

甲高い男の声がして、他の男たちからは笑い声が上がった。

「この前から、ここの住人みんなが、店立てを食らってるんだよ」

腹這ったまま、吾平が小梅に掠れた声で告げた。

いきなり戸が開いて、羽織を着た四十代半ばの男が土間に足を踏み入れると、

「ほほう。灸師を呼んでの療治とは、なかなか豪勢だねぇ、吾平さん」

意地の悪そうな眼を小梅に向けた。

そこへ、見るからに破落戸と思しき男が三人、狭い土間に入り込んだ。

「大家さん、うちのがこんな有様ですから、今すぐの家移りなんか出来やしませんよ」

「そりゃないだろうお初さん。こっちは、一月も前からここを出てもらいたいと言って来たんだからね」

羽織姿の大家は、冷めた物言いをした。

「ぐすぐずしてやがると、おれらが引きずり出すぜ。お前らに居座られちゃ、長屋を壊せねぇからよ」

小太りの男が、野太い声で凄むと、

「いや、出ないなら出ないで構やしねぇよ。家ん中に人が居ようが居まいが、こっちゃ建物を壊せば済むこった」

前歯が二本欠けた細身の男が、荒々しい物言いをした。

「なるほど。屋根も壁もなくなったこの長屋で、店子たちがどうやって暮らすのか、見物するのが楽しみといや楽しみだがよ」

一番年の若い金壺眼（かなつぼまなこ）の男が、甲高い笑い声を上げた。

「お前さん方、仕事の邪魔をしなさんな」

小梅が、吾平の腰の艾に火を点ける手は休めず、低めながら凜とした声で言った。

「なに」

小太りの男が声を洩らすと、金壺眼と細身の男が眼を吊り上げた。

「あんたがた、さっき、店子の持ち物を壊さなかったかい」

小梅は、線香を線香立てに差すと、男たちに体を向けた。

「だったら、なんだよ」

歯抜けの男が顔を突き出して凄む。

「壊したものを修繕するか、でなきゃ、弁償するんだね。世の中のしきたりっていうのは、そうしたもんですよねぇ、大家さん」

小梅の問いかけに、

「ん、いや、そりゃ」

大家は眼を泳がせた。

「このあまぁ！」

さらに眼を吊り上げた金壺眼の男が、土足で板張りに上がった。

その刹那、小梅は、板張りに置いていた上っ張りを摑むと、金壺眼の顔に向けて放り、同時にその足首を摑んで腹這いに倒した。

「いてぇ！」

起き上がろうとする金壺眼の背中を片膝で押さえた小梅は、首根っこに親指の先っぽほどもある艾を置いて線香の火を点けた。

「お初さん、押し込みに入られたって、自身番に」

「はい」

お初が、小梅の指示に応えて立ち上がりかけると、

「この辺の目明かし連中なんか、恐れることたぁねぇ」

小太りの男が、口の端を歪めて薄笑いをした。

「だったら真田様のお屋敷前にある御船手屋敷の水主同心、岩崎将吾郎様にわたしの名を出して、事の次第をお知らせすれば、なんとかしてくれるはずだよ」

小梅の言うことに頷いたお初が土間に向かうと、

「ちょっと、お待ち」

大家がお初を止め、

「あんたがどうして御船手組と」

小梅をまじまじと見た。

「岩崎様が、霊岸島の組屋敷にいらした時分、何度か灸を据えに伺って以来、懇意にしていただいてまして」

ちょうどそのとき、

「アチアチアチッ」

大粒の艾にやっと火が回ったらしく、金壺眼は小梅の膝の下で身悶えし始めた。

「とっちめの灸だっ。我慢するこった」

膝で押さえつけた金壺眼に向かって、小梅が啖呵を切った。

三

灸の道具箱を提げた小梅は、永代寺門前に通じる馬場通の一ノ鳥居を過ぎたところで、堀沿いの道を左に折れた。

先刻、小梅が、御船手組の水主同心の名を口にすると、押しかけていた大家やならず者たちは、急ぎ吾平の家から退散した。

その後、四半刻（約三十分）ばかり灸を据え、『小助店』を後にしたのだ。

そして今、その足を油堀の方へと向けている。

「大家が連れていた破落戸どもは何者なんだい」

灸の道具具を片づけながら小梅が尋ねると、

「油堀の博徒、猫助の子分なんだよ」

吾平の口から、どこかで聞いたような名が飛び出した。

『小助店』の家主は、深川材木町の材木問屋『木島屋』の主、甚兵衛といい、大家の久治は、かつて『木島屋』で手代をしていたということも吾平から聞き出していた。

油堀というのは、大川東岸にある深川佐賀町から入り込んだ水が通る水路である。その流れは、深川黒江町を過ぎて永代寺の裏手に進むと十五間川と名が変わり、木場の方へと通じている。

十五間川に沿って歩を進めた小梅は、黒江橋を渡り、その先の富岡橋を渡って油堀河岸へと出た。

『油堀の猫助』の家は、深川七場所といわれる七か所の岡場所よりも、さらに一段下等な三角屋敷のある、深川平野町にあるということだった。

その場所は、すぐに分かった。

看板も暖簾も見かけないが、眼付きの鋭い破落戸や駕籠舁き人足たちが、二階家の表に置かれた縁台や大八車に腰掛けたり寝転んだりして、まるで威嚇でもするように通りすがりの者を見やっている。

小梅はそんな眼に臆することなく通り過ぎると、そこから一町（約一一〇メートル）余り先にある丸太橋を渡ったところで足を止めた。

深川材木町の角地に、『小助店』の家主である材木問屋『木島屋』の看板を掲げた二階家と、様々な材木が立てかけられている材木置き場があった。

柵も門もない材木置き場に足を踏み入れると、二階家の側面に設けられた帳場へは土間で繋がっていた。

「ごめんなさい」

奥の方に通じる土間に足を踏み入れた小梅は、左手にある八畳ほどの広さの板張りに声を掛けた。

帳場格子で算盤（そろばん）を弾（はじ）いていた白髪交じりの男が、

「なんだい」

と、気のない声を出しただけで、すぐに算盤を続けた。

「相川町の『小助店』の店立てのことで、こちらの旦那にお話を伺いたいんですがね」

小梅は丁寧な物言いをしたが、

「旦那は留守にしてるから、別の日に来ておくれ」

半白髪の男は、顔を上げることもなくもごもごと口にした。

「そういうことでしたら、『油堀の猫助』の子分どもが『小助店』の店子にどんな仕打ちに出ているか、瓦版に刷って売り歩いてもいいんですがね」

丁寧な物言いをしながら、小梅が声を低めると、半白髪の男は手を止めて、初めてまともに眼を向けた。

小梅が小さな笑みを浮かべると、半白髪の男はようやく重い腰を上げ、小机に両手を突いて立ち上がり、口も利かずに暖簾を割って奥へと去った。

材木置き場と繋がっている土間の奥にも暖簾が下がっており、母屋へと通じる通り土間と思われる。

幾つかの足音が近づいて来ると、帳場の奥の暖簾を上げて現れた半白髪の男が、片手で暖簾を上げて、二人の男を帳場に通した。

先に出てきたのは鼠色の着物に黒の羽織を纏った五十に近い男だった。後に続いたのは眉のない丸顔の男で、黒の着流しを白い帯で締め、藤色に黒の万筋柄の長半纏を羽織っていた。

年の頃四十ぐらいのこの男は、長半纏で腹を隠しているつもりだろうが、かなり突き出ているようだ。

「なにか、『小助店』のことだそうですが」

黒の羽織の男が、小梅の立つ土間近くに膝を揃えて口を開いた。

「こちらの旦那の甚兵衛さんでしょうか」

「さようで」

甚兵衛は、小梅の問いかけに穏やかに答えた。

その時、土間の暖簾を分けて、三人の男が奥の方から現れた。

「あ。おめぇさっきの！」

立ち止まった金壺眼の男が、小梅を指さした。

「親分、さっき『小助店』で弥助の首に灸を据えやがったのが、この女ですよ」

小太りの男が、親分と呼んだ眉のない男にご注進に及んだ。

年の頃四十ぐらいの眉のない男が、『油堀の猫助』に違いあるまい。

猫助は、三人につかつかと歩み寄り、

「こんな娘っ子一人にいいようにされたのかっ！」

金壺眼をいきなり蹴とばして、「畳んじまえ！」と吠えた。

三人の子分が身構えたのを眼にするや否や、小梅は材木置き場に飛び出すと、何本か縛られて立てかけられていた五、六尺（約一五〇～一八〇センチ）ほどの丸竹を一本抜いて、身構えた。

追って出てきた三人の子分は間隔を取って小梅を囲むと、薄笑いを浮かべた。細身の歯抜けの男は懐の匕首を引き抜き、小太りの男と金壺眼は手近にあった角棒を手にして、じわりと小梅に迫る。

芝居小屋で覚えた棒術の構えを取った小梅が、少し腰を落とした瞬間、小太りの男が、振り上げた角棒を猛然と振り下ろした。

その棒を咄嗟に丸竹で払った小梅は、角棒を振り上げて隙だらけになった金壺眼の腹を竹で突いた。

そしてすぐ、小太りの男が打ち込んで来た角棒を、身を躱して避けると、相手の腕に丸竹を叩き入れた。

「うっ」

小太りの男が声を上げて角棒を落とすと、それはからからと音を立てて地面に転がった。

「刺してやるっ」

くぐもった声を発した歯抜けの男が匕首を腰だめにして、小梅の方へと突進してきた。

咄嗟に腰を落として竹を構えた小梅には、余裕があった。

長い刀を向こうに回せば難儀だが、匕首相手なら棒術で太刀打ち出来る自信があった。

匕首を腰だめにして迫った男は、向けられていた竹の棒を左手で払いのけると同時に、右手の匕首の刃先を小梅の首へと突き出した。

その動きを読んで身を躱した小梅は、払われた反動を利用して、たたらを踏んでいる歯抜けの男の太腿(ふともも)に竹の棒を叩き入れた。

腹から倒れた男は、歯の抜けた口を大きく開けて呻(うめ)き、地面を転げまわる。

「何してやがんだお前ら。おい、弥助っ、重三(じゅうぞう)！」

先刻からの攻防を見ていた猫助が、金壺眼と小太りの男をけしかけたが、腹を押さえたり腕をさすったりしている二人には、すでに、戦意は見受けられない。

「もういいじゃないか。猫助」

店から出てきた甚兵衛は、表の状況を察すると、そう声を掛けた。

そしてすぐ小梅に顔を向け、

「『小助店』のことで話があるということですので、中で伺いましょうか」

甚兵衛は鷹揚な笑みを浮かべた。


土間の框に腰を掛けた小梅と、その近くで膝を揃えている甚兵衛に、湯呑が置かれた。

湯気の立つ湯呑を置いた半白髪の男は、小梅に恭しく頭を下げると、帳場格子に戻っていく。

「番頭さん、こちらに茶を」

甚兵衛が、小梅を店の中に案内してすぐそう命じたことから、半白髪の男は材木問屋『木島屋』の番頭と判明していた。

小梅と甚兵衛のいるところから、少し離れた板張りには、猫助が不貞腐れたような顔つきで胡坐をかいている。

「しかし、先ほどは、大変失礼してしまいましたよ。いえね、店子と大家の間の悶着に付け入って、さらに事を荒立てた挙句、内済金をせしめようとする出入り師という連中が横行していると聞いていたものですから、つい用心してしまいまして」

甚兵衛が口にした、出入り師は、いかさま師とも呼ばれていると小梅も耳にしたことがあった。

「しかし甚兵衛さん、わたしがそのいかさま師ということもありますよ」

小梅は幾分皮肉を込めて、真顔で答えた。

「いえいえ。わたしにはそうは見えません」

甚兵衛は小さく右手を打ち振ると、

「さっそく、あなた様のご用件を伺いましょう」

少し改まった。

「こちら様にも店立ての都合はありましょうが、長年暮らしてきた店子にも、都合というものがあると思うんですがね」

「そりゃなんだ」

猫助がいきなり口を挟むと、

「親分、話に水を差しちゃ困るよ」

甚兵衛が窘め、猫助は軽く口先を尖らせた。

「家移りとなると、次の家を探す間がいりますし、金の工面もしなきゃなりません。そりゃ、そちらさんは一月前から言ってると仰いますが、店子の多くは日銭稼ぎですよ。雨が降り、大風が吹けば実入りもない商いをしている人がほとんどだから、すんなりと事が運ぶとは限りません。今日、『小助店』に現れた大家とあちらにおいでの親分さんのお身内の脅しぶりを見ましたが、あれはむごい仕打ちだ。ことをわけて話して、頭を下げれば店子だって得心すると思いますがねぇ」

猫助と、その周りに固まっている子分たちに目を向けて小梅が言うと、

「そんなまどろっこしいことが出来るかっ」

猫助が吠えた。

「猫助」

すぐに甚兵衛の声が飛ぶと、

「こっちは、『小助店』をすぐに空にしてもらいたいという旦那の思いを汲んでる

んですぜ」

猫助は、むきになって『木島屋』への忠誠心をひけらかした。

「『小助店』にいる古い知り合いに聞けば、店立てを迫る油堀の親分のご一党は、土足で上がり込んで物を壊すわ声は荒らげるわ、ある家では、娘をかっさらってどこかに売り飛ばすなどと脅してるそうじゃありませんか。しかしまぁ、材木屋という堅気の商いをしている家主さんが、自分の長屋の店子に対して、よくもそんな非道な口を利けるもんだと、感心しましたよ甚兵衛さん」

小梅は、たっぷりの皮肉を込めて言い募った。

すると甚兵衛は、両手を突き、

「今後は、『小助店』の連中と腹を割って話し合いをし、お互い得心したうえで、店立てをお願いしようと思います」

言い終わるとすぐ、猫助に顔を向けた。

「猫助親分、いいね」

甚兵衛の凄みの利いた低い声に、猫助は渋々ながら、頷いた。

「それじゃ、わたしは」

框から腰を上げた小梅は、

「そうだ。『油堀の猫助』さんの名は、ついこの間聞いたばっかりでしたよ」

猫助に笑みを向けた。

先日、左の二の腕に蛇の彫物をした死体が川から引き上げられたのだが、その男は、かつて『油堀の猫助』の子分だった『賽の目の銀二』だと証言した者が現れたのだ。

「親分のところに、一年半以上も前に、銀二という子分がいたと思いますが」

小梅は、穏やかな口を利いた。

猫助は、一瞬思案するように天を仰ぐと、

「いたが昔のこった。こっちから追い出したから、もはや子分とは言えねぇよ」

「その銀二らしい人が、刺し殺されて大川に浮かんでいたことは知っておいでですか」

そう話しかけると、

「おめぇ、なんで銀二のことを知ってやがる」

「どうやら、わたしの知り合いの家が立ちゆかなくなるようなむごい仕打ちをした男と似ていたようなんですよ」

　小梅は、料理屋『錦松』の名は伏せた。

「銀二ってのは、そういうひどいことをする奴だから、おれが追い出したのさ」

「なるほど。それは賢明でしたねぇ」

　感心したように笑みを浮かべて、小梅は道具箱を手にした。

「お前さんの名を教えてもらえませんかねぇ」

　甚兵衛から声が掛かったが、

「それはお断りしましょう。名を明かすと、誰かに仕返しされるような恐れもありますからね。じゃ」

　軽く一礼すると、小梅は日の射す表へと出て行った。


　材木問屋『木島屋』を出た小梅は、油堀河岸を大川の方に向かった。

　大川の東岸に出たら、左へ折れて永代橋へと向かうつもりである。

　仙台堀に架かる元木橋の辺りで、背後から足音が近づくのに気付いた。

　足を止めると、『木島屋』の印半纏を羽織った色白の若い男が、

「これをお渡しするようにと言いつかりましたので」

紙に包んだものを小梅に差し出した。

「これは」

「主は、草鞋代だと申しておりました」

そう言うと、二十代半ばの手代と思しき男は、紙包みを載せた掌を近づける。

小梅が紙包みを摘まむと、思った以上の重みがした。

滅多にお目にかかることはないが、一両小判が二、三枚包まれていそうな気がする。

「これはいけませんね」

小梅は、紙包みを手代風の男に差し出した。

「しかし」

「こんな重いものはこれまで持ったことがありませんから、歩くのに難儀すると思いますので、どうかこれは」

小梅は手代風の男の手に紙包みを握らせると、急ぎ踵を返した。

背後に、追ってくる気配はなかった。

元木橋を渡り終えて、大川東岸に向かっていると、新たな足音が後ろから近づいて来ていた。

小梅が足を止めると、浪人と思しき侍が、総髪の頭の後ろを片手で軽く叩きながらゆっくりと歩を進めて来た。

「さっき、材木問屋の表に立っておいででしたね」

小梅が口を開くと、

「ほう。気づいていたのか」

浪人は、小さな笑みを浮かべた。

猫助の子分たちとの悶着を遠巻きに見ていた野次馬の中に、浪人者がいたことに気がついていた。

「あなた様は、『木島屋』か、それとも、『油堀の猫助』の用心棒ですかね」

「生憎だが、ただの通りすがりだ。材木屋での棒術を面白く見せてもらった。いったい何者だろうと思案していたら、足がついつい、そなたの後を付け始めてな」

年恰好は三十か、それに近いと思える浪人だが、着ているものはこざっぱりとしており、尾羽打ち枯らした様子はない。

「わしは、式伊十郎。さっきの博徒たちとは、何ごとで揉めていたのかな」

その口ぶりに詮索しようという様子はなく、浪人は笑顔で、少し伸びた顎の無精ひげをつるりと撫でた。

「わたしの仕事の邪魔をされたもんですから」

「仕事というと――」

「詮索されるのは、御免蒙りとうございます」

穏やかにそう言うと、小梅は軽く一礼し、永代橋の方へと足を向けた。

四

十月の晦日は、珍しく午前中の出療治となった。

三日前に依頼を受けていたお寅が、昨夜になって突然思い出し、

「『薬師庵』はあたし一人でやっつけるから、お前にはなんとしても出療治に行ってもらいたい。でないと、あたしゃ、秋田家の用人の飛松様のお手打ちに遭っちまうんだよ」

小梅は、大げさな文言を並べ立てた母親に頭を下げられたのである。

二千石の旗本、御書院番の秋田金之丞家の屋敷は、築地本願寺の西、築地川に面したところにあった。

二年前、秋田家の用人を務める御年六十の飛松彦大夫の膝の痛みの療治をしたことが契機となって信用を得た『灸据所　薬師庵』には、飛松用人の口利きで、秋田家から折に触れ灸の依頼が飛び込んでくるようになっていた。

四つ半（十一時頃）に秋田家の屋敷に入った小梅は、手足の冷えに悩まされているという、当主、金之丞の次女である綾姫に療治を施している。

畳に敷かれた薄縁に腹這っている綾姫は長襦袢を身に纏い、腰から上には掻巻が掛けられてはいるが、両足の膝から下は露わにさらけ出されている。

足首の『三陰交』というツボに灸を五回続けて据え終わり、足裏の『湧泉』というツボに置いた艾にも、五回目の火を点けたところである。

部屋の中には、療治の時にはいつも、初老の侍女である牧乃が綾姫の介添えとして傍に侍り、掻巻や長襦袢の裾の上げ下げに手を差し伸べている。

『湧泉』に載せていた艾が燃え尽きるとすぐ、灰を落とした小梅が、

「次は、肩の下の『膈兪（かくゆ）』に」

静かに口を開く。

療治も三度めともなると、牧乃はすでに心得ており、上げていた綾姫の長襦袢の裾を足先の方に下げると、掻巻を背中から足先に掛けた。

綾姫の背中近くに膝を揃えた小梅は、長襦袢の襟を少し引き下げて、色白の両肩を露わにすると、『膈兪』に艾を置く。

線香の火を点けると、閉め切られた部屋に艾の煙がゆったりと立ち昇る。

庭木の枝葉が影となって障子に映り、微かに揺れている。

燃え尽きた灰を落とした小梅が、唾で湿らせた『膈兪』にふたたび小さな艾を置こうとして、綾姫の首の方に飛ばしてしまった。

「失礼します」

小さく断わった小梅が、低い位置に顔を下げ、綾姫の後ろ髪の方に手を伸ばしかけた時、

「あ」

と、出かかった声を飲み込んで、薄縁の向かい側に座っていた牧乃に眼を向けた。

すると牧乃は、険しい顔のまま、「なにも言うな」とでも言うように、首をゆっくりと左右に振った。


綾姫の療治を半刻（約一時間）ほどで終えた小梅は、いつもの通り別室に通されて茶菓の接待を受けた。

その場に牧乃が同席することはこれまでなかったが、今日は茶菓を運ぶ女中とともに部屋に入ってきたのである。

「ここは、もうよい」

牧乃は、茶菓を運んだ女中を去らせると、

「姫様の、後ろ髪の下の禿（はげ）は、三月も前に見つけていたのじゃ」

そう打ち明けて、「はぁ」とため息を洩らした。

先刻、艾を拾おうとした小梅が声を出しかけてやめたのは、綾姫の首の近くにあった、径にして一寸（約三センチ）ほどの丸い禿を眼にしたからであった。

「療治をする中にも、姫様と同じように毛の抜けたお人を何人も見たことがありますよ」

「さようか」

「多くは女子衆でして、話を聞いてみると、大方の人が、悩み事や気鬱を抱えておいでのようでした」

小梅がそう言うと、

「他家へ嫁がれた姉君様と違い、綾姫様は何かにつけて思いを内に溜め込んで、あれこれと思い悩むご性情なのですよ。そういうこともあって、まとまりかけた縁談も、なかなか上手くいかぬのじゃ」

牧乃の口から、最前よりも深く重いため息が出た。

二十三の小梅が言うのもおこがましいが、二十一の綾姫なら、とっくにお輿入れしていてもおかしくない年齢だった。

大身の旗本の姫でありながら、高慢さもなく、物静かな綾姫に嫁入り先が見つからないというのは、いささか憐れを感じる。

「牧乃様、今後は、手足の冷えを和らげる灸を続けると言いながら、思い悩みや気鬱を取り除くツボにも灸を始めては如何でしょうか」

小梅が申し出ると、

「そのような療治があるのか」

牧乃が身を乗り出した。

「一度や二度の灸で治るとは、請け合えませんが」

「分かった。今後は、気鬱の灸も頼むことにする」

「承知しました」

小梅は大きく頷いた。

「失礼いたします」

女の声がしてすぐ、縁側の障子が開けられると、

「たったいま、『薬師庵』から小梅様に使いが参りまして、当家を出たら、八つ（二時頃）までに、霊岸島北新堀大川端町の船宿『藤栄（ふじえい）』に回るようにとの言付けがございました」

先刻、茶菓を運んだ女中からそう告げられた小梅は、

「分かりました」

小さく頷いた。

五

霊岸島北新堀大川端町は、霊岸島新堀に架かる豊海橋の南側に位置する町で、大川の西岸にあった。

出療治に行った秋田家の屋敷を後にしたのは、九つ（正午頃）の鐘が打たれてから四半刻（約三十分）ほどが経った時分だった。

大川端町の船宿に、八つまでに行くようにとの言付けを受け取っていた小梅には、軽く昼餉を摂る間が十分にあった。

家にいるお寅から出療治先に言付けが舞い込むことは、珍しくはなかった。

だが、お寅が知らせに走ることはない。

暇を持て余している町内の若い衆に駄賃を渡してひとっ走りしてもらったり、軽い荷物や文を近隣に届けるのを生業にしている町小使に頼んだりするのだ。

霊岸島の東湊町の蕎麦屋で昼餉を摂った小梅が、新川に架かる三ノ橋を渡り切ったところで、八つを知らせる時の鐘が聞こえ始めた。

船宿は、船遊びなどに船を使う客たちに料理を供したり、休ませたりするための場所だったが、男と女の密会にも部屋を貸すことがあった。

昼日中から船宿を使う客というのは、行楽帰りに立ち寄って昼の料理を楽しむ旦那衆や吟行の文人の類かもしれない。

以前、仕事に疲れた屋敷勤めの武士に、灸を据えに上がったことはあった。

いずれにしても、船宿を使う人には、暮らしに余裕が見られた。

北新堀大川端町の船宿『藤栄』は、すぐに分かった。

巡らされた板塀の上から松や椿の先端が見える二階家があり、その木戸門に下がった浅葱色の暖簾に、白抜きの『藤栄』の文字があった。

木戸門の暖簾を割って、奥にある障子戸を開けて三和土に足を踏み入れると、

「『薬師庵』から参りましたが」

廊下の奥に声を掛けた。

すぐに、奥から現れた、四十を超したくらいの女中が、

「高砂町に行った使いが、灸師さんは出先から立ち寄ると言ってましたが」

「ええ。丁度築地に来ておりましたので」

そう答えて、小梅は頷いた。

「さ。どうぞ」

三和土を上がるように、片手で指示をした。

小梅が下駄を脱いで上がると、女中が先に立って、廊下の脇の階段を上っていく。

二階の廊下には日の光が満ちていた。

ほとんどの障子は開けられていて、午後の日射しが部屋を通り抜けて廊下にまで届いている。

「お客さん、お灸の『薬師庵』から人が見えました」

閉められている障子の近くに膝をついた女中が、部屋の中に声を掛けると、

「入ってもらいましょう」

男の声が返ってきた。

女中が障子を開けると、

「ごめんなさいまし」

声を掛けた小梅は、するりと部屋に入り込んだ。

大川に面した障子の戸が細く開けられた窓辺に、着流しに羽織を着た男が、背を

向けて立っていた。

「なにか御用があればお声を」

廊下から声を掛けた女中が、障子を閉めて立ち去っていく音がした。

背を向けていた男が、顔をゆっくりと、小梅の方に向けた。

「清七さん――！」

口を衝いて出たものの、小梅の声は声にもならず、掠れた。

小梅を見る清七の表情は乏しく、顔の左側に残っている火傷の痕が、小梅には痛々しく映った。

「おめぇと会うには、のこのこ顔を出すより、呼び出す方がいいと思ってさ」

中村座の大部屋役者、坂東吉太郎こと清七は、労るような物言いをした。

小梅は、突然力が抜けたように、道具箱を持ったまま、その場に座り込んでしまった。

「この前、堺町の、中村座が立っていたあたりで声を掛けられたのに、逃げてしまって済まなかったよ」

小梅の前に膝を揃えた清七が、小さく頭を下げた。

「詫びなら、一年も姿をくらましてたわけを話してからにしてもらいたいねっ」

強い口調で訴えかけた小梅は、唇を嚙み締めた。

堺町、葺屋町の二つの芝居小屋が火事で焼け落ちた後、怪我と火傷の治療を続けていた清七と会った時、顔には包帯が巻かれており、火傷の具合は知る由もなかった。

だが、その年の師走に会った時、頰被りを取って火傷の痕を小梅に見せた清七は、

「おれは、役者をやめることにしたよ」

そう打ち明けたのだ。

「あの時、清七さん、怪我した体や火傷で崩れた顔じゃ、役者は務まらないって言ったけど、顔は化粧で何とでもなるんじゃないのかい。役者に未練はないのかい」

「あれから何度か、白塗りを試したり、赤面にも塗ったりしたが、化粧むらが出来るんだよ、ここに」

火傷痕を指でさした清七が、

「そんなことじゃ、芝居に気が入れられねぇだろ?」

弱気な言葉を吐いた。

「だけどさ、小屋に残っていれば、芝居に関わる仕事がいろいろあるじゃないか。狂言作者になったっていいじゃないか。殺陣（たて）師や囃子方（はやしかた）だってあるんだし」

「小梅、おれの力量を買いかぶってくれるなよ」

「ばかっ。どうして、何も言わずにいなくなったのかって言ってるんだよ、わたしゃ！」

大声を発した小梅が、体ごとぶつかると、清七は背中から畳に倒れ込んだ。

六

倒れ込んだ清七の胸に頬を付けていた小梅の耳に、水の音が届いている。

大川を行き来する船の作った波が、岸辺にぶつかっている音だろう。

清七にぶつかって倒れ込んでから、どのくらいの時が経ったのか、小梅には朧（おぼろ）げだった。

かなりの時が経ったような気がするが、ほんの少しの間だったような気もする。

「お前に聞きたいことがあって、呼んだんだよ」

清七の低い声が聞こえた。

眼を開けた小梅は、清七の胸からゆっくりと顔を上げた。

「この前、賽子を咥えた蛇の彫物をした男を探してるっていうのを、読売で見たんだ」

清七の口から思いもしない話が飛び出して、小梅は体を起こして横座りになった。

すると、清七も体を起こして、胡坐をかくと、

「版元の『文敬堂』に行ったら、『鬼切屋』の吉松さんがいて、小梅に頼まれて江戸中で読売を配ったたっていうじゃないか」

清七の問いかけに、小梅は訝りながらも頷いた。

『鬼切屋』というのは、かつて両国で勇名を馳せた香具師の元締の屋号である。

だが、二代目の時に『鬼切屋』は凋落して、親分子分たちは方々に散っていた。

二代目の倅で、読み書き算盤の腕を頼りに正業に就いていた正之助のもとに、五年ほど前、二代目の子分だった年長の治郎兵衛ら、三人の男たちが押しかけてきたのだった。

それ以来、三人の男たちは正之助を三代目と呼ぶようになり、竈河岸の長屋の一

間は、かつての『鬼切屋』を懐かしむ連中の心の拠り所となっていたのである。

　その中の子分の一人が、読売を本業にしている吉松だった。

「お前さんがどうして、あの彫物の男のことを知りたがっているのか、聞きたかったんだよ」

　清七はそう述べたが、

「吉松さんなら、清七さんと会ったことを、わたしに知らせないはずはないんだけどね」

　それが、小梅の本音だった。

「小梅にはしばらく黙っていてくれと、おれが吉松さんに頼んだんだ」

「そう。だけど、清七さんがどうしてあの彫物の男のことが気になるんだよ」

　問いかけると、一瞬、躊躇ったようだが、

「その男に、心当たりがあるんだ」

　そう言って、清七は顔を少し曇らせた。

「もう、一年半くらい前だよ。夏の半ばごろ、京の扇屋の手代で才次郎というお人から、葺屋町の『相模屋』に招かれたんだよ」

清七は、小梅も名を知っている芝居茶屋の名を口にした。

芝居茶屋は、芝居見物の客のために席の手配をしたり、観劇後の飲食や、客がご贔屓の役者を接待する席を供したりする商いで、火事に遭う前の葺屋町、堺町には何軒もの芝居茶屋があった。

「才次郎さんは、坂東吉太郎には大した芝居場はなかったのに、舞台でのあなたの所作や台詞回しが気に入ったから、お招きさせてもらったと言って、二、三本の京扇子を土産にくれたよ」

才次郎というのは、京の主に命じられて、江戸店の開設を目指して場所探しをしていたのだが、やっとのことで浅草南馬道町に家を借り、『修扇堂』という江戸店を出す目途がついたと、清七に打ち明けたともいう。

「それからは、十日に一度は料理屋に招かれて、ご馳走に与ったよ。ところが、三度目に誘われて、上野の不忍池近くの料理屋に行った夜は、才次郎の飲み友達という大工と引き合わされたんだ」

『修扇堂』の改修を請け負うというその大工は、辰治と名乗った。

それ以来、京に戻った才次郎に代わって、辰治が清七の飲み食いの相手になった。

夏から秋と、辰治との交流を重ねた清七は、冬になった去年の十月六日、堺町横町の居酒屋でしたたかに酔ったのだと、小梅に低い声で告げた。

共に飲んでいた辰治もかなり酔っており、

「ここから中村座は近いし、楽屋でもどこでもいいから、寝かせてくれないか」

清七はそう持ち掛けられたのだという。

「神田岩井町の長屋まで帰るのが面倒になっていたおれは、中村座の楽屋で寝るつもりでいたから、泊まりの連中に気付かれないようにして、辰治を楽屋に連れて行ったんだ」

「十月六日の夜っていえば、清七さん」

小梅が掠れた声で言うと、清七は、大きくゆっくりと頷いた。

「夜明け前の暗いうちだった。息苦しくなって眼をあけると、顔の周りに、霧のようなもんが掛かってたよ。その向こうに、赤いもんがチロチロ見えて、遠くからは男の怒鳴り声や何かが倒れたり壊れたりする音が響いてたんだ。チロチロしてた赤いもんが、いきなりゴォッと音を立てて、部屋の中を舐めまわすみてぇに襲ってきた」

そこで初めて火事だと気づいたと、清七は声を震わせた。

すぐに部屋を飛び出すと、泊まりこんでいた大道具方などが消しにかかっていたが、火の回りは早く、広がるばかりだったという。

「逃げろ」という声が聞こえて、清七は外に向かったが、熱や煙に阻まれて容易には進めない。

逃げ惑った末に小屋から転がり出た清七は、見知らぬ何人かの人の手で抱えられ、火事場から離れたところに運ばれたのだと打ち明けた。

「運ばれたところで眠ったようで、眼が覚めたら、日が昇ってた。見回したら、怪我をしたり、家を失った連中が塀にもたれたり道端に寝転んだりしていたよ」

清七は、自分が運ばれたのは、銀座の蛎殻町側の塀際だとその時気付いた。

そして、顔には何枚かの手拭いが包帯のように巻かれ、痛む右腕は首に掛けられた帯に吊られているのだということも知った。

その日の午後。清七は、通り掛かった顔見知りの火消しに頼んで、師匠である中村竹五郎の小船町の家に連れて行ってもらった。

師匠の計らいですぐに医者のもとに運ばれた清七は、手を尽くした治療と養生を続けることになった。

　自分の住まいに戻った清七が、医者への通い療治が出来るようになったのは、火事から十日が経った時分だった。

　火事の前夜に楽屋に泊めた、大工の辰治がどうなったのかということが気懸り（きがか）だった清七は、堺町葺屋町界隈の知り合いや火消しを尋ね歩いた。死傷者の中に辰治らしい男が居なかったかどうかを確かめようとしたのだ。

「だけど、火事で死んだ人は、顔かたちが分からなくなるって聞くよ。あのとき、うちのお父っつぁんは煙に巻かれて死んだから、顔はきれいに残ってたけど」

「探す手掛かりは、ひとつあったんだ」

　清七はそう言うと、

「辰治の左の二の腕には、賽子を咥えた蛇の彫物があったんだよ」

「なんだって！」

　瞠目（どうもく）した小梅が、鋭い声を上げた。

　清七は小さく頷き、そして、大きなため息をゆっくりと吐き出した。

　顔が焼ければ何者か見分けることは出来ないが、よほどの火勢でない限り、体に入れた彫物は残ることがあるらしい。火消しや漁師などが盛んに彫物を入れるのは、死んで顔の見分けがつかなくなっても、体に残った彫物の絵柄から、誰の死体か知らせるためでもあると小梅も聞いたことがあった。

「その年の師走、お前に芝居を諦めると言ったあと、以前から顔見知りの幇間と組んで、声色屋を始めたんだ」

清七が静かに語りはじめた。

「それは、噂で聞いてたよ」

小梅は、料理屋などに呼ばれて夜の療治に出かけることもあり、声色屋がどんなものかは知っている。

二人一組で鳴り物を鳴らして夜の花街などを歩き、料理屋や妓楼の客に、歌舞伎役者の口真似をして金を稼ぐ商売だから、芝居小屋にいた清七には恰好の仕事だといえた。

「夜の町をあちこち歩き回っていると、世間の声がいろいろと耳に入って来るんだよ。去年の、芝居小屋の火事のことも人の口の端に上って、あれは、役に不満を持った役者の付け火じゃないかとか、芝居が世の風紀を乱しているなどと思ってる幕府の誰かが芝居興行を根絶やしにしようとしたとか、材木屋が儲けるために火をかけたという声も聞こえたんだよ。そしたら、消息の分からなくなった辰治のことが妙に気になってしまったんだ」

清七はこの夏、辰治の居所を聞こうとして扇屋の才次郎に会おうと思い立った。江戸の住まいは知らないが、京扇子の江戸店『修扇堂』を浅草に開くと言っていた才次郎の言葉を思い出し、南馬道町へ行った。

ところが、『修扇堂』の看板は見当たらない。

町内の目明かしや町役人、商家の旦那衆に聞いて回ったが、『修扇堂』という京扇子屋が店を出すことなど、一人として知る者はいなかった。

才次郎と辰治が口にしたことは、すべて作り話ではなかったのか――清七は突然、眼に見えない恐怖に襲われ、縮み上がったと小梅に洩らした。

「才次郎が先に近づき、その後辰治を引き合わせておれに馴染ませたのは、中村座の楽屋に入り込む折りを狙っていたからなんじゃないのかと、思えたんだよ。つまり、辰治は誰かの手先になって、芝居小屋に火を点ける役目を負っていたんじゃないかとさ」

「どうして」

小梅は掠れた声で尋ねた。

「吉松さんに聞いたが、この前、小梅が読売に載せた、左の二の腕に蛇の彫物のあった男は、刺し殺されて大川に流されたというじゃないか。それは多分、口封じなんだよ」

か細い声だったが、清七のその声音には確信のようなものが窺えた。

「でも、彫物の男は、深川の博徒、『油堀の猫助』の子分だよ」

「賽の目の銀二って名だということも、吉松さんから聞いた。その銀二が、『油堀の猫助』から追い出されたというのが、一年半前だということなんだ」

「それが」

小梅が訝ると、

「扇屋と名乗った才次郎が、おれに近づいてきて、辰治って男を引き合わせたのが、今から一年半前のことだったからね」

清七は静かな物言いをしたが、小梅は思わず「あっ」と声を上げそうになった。

「小梅よぉ、おれはどうも、誰かに嵌められたようだ。ということは、去年のあの火事には、おれは一枚嚙まされたってことなんだぜっ」

清七の最後の言葉には、悲痛な思いが籠(こも)っていて、

「おれは、誰に嵌められたのか、突き止めるよ。火事で死んだおめぇのお父っつぁんの仇も取らなきゃならないしよっ」

さらに鋭い声を発すると、止める間も与えず、清七は部屋を飛び出して行った。

「今度はいつ姿を見せるんだよぉ」

閉められた障子に向かって声をぶつけたが、聞こえてきたのは、階段を下りて行く足音だけだった。

七

『灸据所　薬師庵』から、浜町堀に沿って北に四町（約四四〇メートル）余り行った先に、緑橋という小橋がある。

その橋の西の袂にある居酒屋は、五つ（八時頃）になっても混み合っており、笑い声や大声が飛び交っていた。

浜町堀の東には、旅人宿が立ち並ぶ馬喰町、綿など布の問屋が軒を並べる横山町もあり、博労人足や宿を抜け出してきた旅の者、土地の職人たちが詰めかけているようだ。

客で混む入れ込みの隅に陣取っている小梅と目明かしの矢之助、その下っ引きの栄吉は、重苦しい顔付で盃を口に運んでいた。

「今夜、親分に話を聞いてもらえないか」

小梅が、矢之助の下っ引きを務める栄吉に口を利いてもらったところ、緑橋近くの居酒屋で会うという返事があった。

この日、十月ぶりに会った清七から聞いた話を矢之助にしてみようと思い立ったのである。

坂東吉太郎に近づいてきた扇屋の才次郎を名乗る男が、大工の辰治という男を清七に引き合わせた顛末と、去年の大火に関わる清七の推測を話し終えた直後だった。人に聞かれては困るような話だったが、周りの声がうるさかったせいで、殊更声を低めることもなく話すことが出来た。

だが、矢之助と栄吉からは、ため息や唸り声が盛んに洩れ出た。

清七が話したことが本当のことだとしても、辰治と名乗った『賽の目の銀二』が中村座に火を点けたと決めつけるわけにはいかないのが、お上の御用を務める矢之助には悩ましいところだと思われる。

「それにしても、芝居小屋に火付けなんて、いったい誰が頼むんだよ」

栄吉が、声を低めることもなく不審を口にした。

「以前、女髪結いをしていたという人から聞いたんだけどね」

それがお園だということを、小梅は伏せて、

「世間の裏側には、誰かを陥れるために金で動く連中がいるらしいよ」

小声で、二人に伝えた。

そしてさらに、

「浅草黒船町の料理屋『錦松』にお役人の手が入る前にも、二、三か月前から『賽の目の銀二』らしい男が『錦松』に度々現れて、妙な動きをしていたのは、この前お話ししましたよね。だからといって、南町奉行所が糸を引いてるとは言いませんが、『錦松』が闕所になって得をしたのがいるのも確かなんですよ」

小梅は、思い切って声に出した。

「それは、誰だい」

矢之助は思わず、小梅の方に身を乗り出した。

「最近まで客足の遠のいていた浅草駒形の料理屋『東雲亭』が、『錦松』に役人の手が入った途端、有卦に入ってると聞いてます」

「じゃ、その『東雲亭』が『賽の目の銀二』をそそのかしたって言うのかよ」

顔を近づけた栄吉が、押し殺した声を出した。

「そうじゃなく、家の人たちが知らない間に『錦松』に贅沢品が置いてあったやり口と、清七さんに近づいていった連中のやり口が似ちゃいないかって、そう言ってるだけだよ」

栄吉に言い返した小梅は、

「去年の火事で焼け落ちた中村座と市村座を浅草の猿若町に追いやって得をしたのが、きっといるに違いないよ」

と、断言した。

「癪に障るが、いつの火事でも、儲かるのは材木屋だろうよ」

矢之助が珍しく、投げやりな言葉を吐いた。

八

日の出と共に朝餉を済ませた小梅は、早々に洗濯をして、庭の物干し竿に手拭いなどを掛けている。

療治の部屋に敷く薄縁は、客の汗や艾のカスなどがつくので、何枚も用意していて、こまめに洗う。

そのほかによく使うのが手拭いである。

『灸据所　薬師庵』でも入用だし、出療治に行くときも何本かは持参する。

仕事用の物もあるが、お寅と小梅の足袋やら肌襦袢、湯文字などもあるから、洗濯物を溜めると大事（おおごと）になる。

今日は、月が替わった十一月一日である。

「そろそろ干し終わりそうだね」

縁に現れたお寅から声が掛かった。

「療治部屋の支度は済んだのかい」

「おっ母さんに向かって何てこと聞くんだい。あたしのやることに手抜かりはないよ」

そう言って片方の肩をそびやかしたお寅が、「ふん」と笑った時、日本橋本石町の時の鐘が届いた。

「ほら、五つ（八時頃）の鐘だ。おっ母さん、戸口に『療治中』の札を下げておくれ」

「うん」

返事して行きかけたお寅が、ふと足を止め、

「お前、ゆんべは遅かったようだね」

探るような眼を小梅に向けた。

「帰ったのは、五つ半（九時頃）て時分だよ」

「誰と一緒だったんだよ」

「言ったろう。栄吉と、矢之助親分だよ」

「それじゃ、これは誰からだよぉ」

お寅が、懐から取り出した結び文を振って見せ、

「昨夜、戸口の土間に落ちてたのを見つけてさ」

「おっ母さん、結び文を解いて見たのかい」

「あたし宛の恋文かも知れないいじゃないか」

むっとして言い返すお寅の手から文を奪い取ると、小梅は急ぎ結びを解いた。

「清七さんに去られたと思ったら、もう次の男が出来たか」

そんなお寅の声を無視して、小梅の眼は、文の文面に釘付けになっている。

『才次郎の耳の下に、小さな黒子有り』

結び文の文面には、そう記されていた。

「その才次郎っていうのはなんだい。次の男かい」

お寅から繰り出される言葉を聞き流して、小梅は文の内容を読み解くことに没頭する。

才次郎という男の耳の下には黒子があったということを知らせようと、結び文を家に投げ込んだのは、手跡からして清七に違いなかった。

しかし、耳の下の黒子など、特段珍しいものではない。

仕事柄、人の首やうなじ等を見ることの多い灸師の小梅は、耳の下の黒子も痣も、これまで数限りなく眼にしていた。

あと半刻ばかりで九つ（正午頃）という頃おいである。

仰向けになった四十過ぎの女の、両足の甲にある『太衝』というツボに灸を終えた小梅は、

「今度はうつ伏せになってもらいます」

そう言って手を差し伸べ、うつ伏せになる手伝いをした。

四十女はお静といい、名のある呉服屋で針妙を務めたことがあるという、評判の仕立屋である。

仕事が混むと、夜なべもするせいか、大いに眼が疲れると言っては『薬師庵』にやって来る常連である。

足の甲にある『太衝』というツボは頭痛を伴う眼の疲れに効くのだが、首の上部にある『風池』と『天柱』というツボも首や頭の凝りをやわらげて、眼の疲れにもよい効果があった。

うつ伏せになったお静の着物の襟を肩の方まで下げると、『風池』のツボ二か所

に艾を置き、線香の火を近づけようとして、

「ん――!?」

小梅はふっと、手を止めた。

「なにか」

お静に問われると、

「耳の下に黒子が」

「うん。あるんだよ」

お静が眼を閉じたまま答えた。

小梅は、同じように耳の下に黒子があるのを、最近どこかで眼にしたような覚えがあることに気付いた。

どこだろう――胸の内で呟いた途端、声もなく、「あ」と口を開いた。

九

荷足船（にたりぶね）に乗った小梅は、青物の入ったいくつもの竹籠の間で身を縮めている。

霊岸島を過ぎた荷足船は大川を遡り、永代橋を潜り抜けた。

仕立屋のお静の『風池』のツボに線香の火を近づけた時、『油堀の猫助』の子分の首に置いた艾に火を点けた、二日前のことを思い出したのだ。

『才次郎の耳の下に、小さな黒子有り』

今朝、届いた文に認められていた内容から、黒子のある才次郎こそ、清七を陥れた張本人ではないかと、小梅は逸った。

「後は頼んだよ」

療治を済ませた小梅は、居間で茶を飲んでいたお寅に声をかけ、『灸据所　薬師庵』を飛び出したのだ。

「今日はどの男と会うつもりなんだよぉ」

背中にお寅の罵声が飛んできたが、そんなものは軽く受け流した。

深川に行くなら、歩くよりも船のほうが速いと踏んで、堀江町入堀が日本橋川と交わる小網町の河岸に立った小梅は、深川に向かう船を探した。

折よく、青物を運ぶ船を見つけて交渉すると、五十文（約一〇〇〇円）で承知してくれたのである。

二日前、深川相川町の『小助店』の住人に店立てを迫る博徒の子分の一人に、小梅はとっちめの灸を据えていた。

その後、博徒を使って力ずくで追い出そうとしている、家主の材木問屋『木島屋』に談判に及んだのだ。

主人の甚兵衛から、力ずくでの店立てをやめるという言質を取った帰り道、小梅を追ってきた『木島屋』の手代らしい若い男が、主からの草鞋代だと言って、紙に包んだ金を差し出した。

それはもらえないと小梅が突き返した時、困ったように顔を上げた手代と思しき男の左の耳の下に、黒子があるのが眼に留まったのだ。

その男が才次郎と名乗って清七に近づいた当人とは限らないが、直に会って様子を見るだけの値打ちはありそうな気がしたのである。

青物を積んだ船は、大川から仙台堀へと入り込み、南仙台河岸に繋がれた。

「助かったよ」

船を下りた小梅は声を掛けて礼金を渡すと、東永代河岸を一気に油堀河岸へと向かった。

油堀に面した深川材木町にある材木問屋『木島屋』の材木置き場に飛び込んだ小梅は、地続きの帳場に足を踏み入れ、

「ごめんなさいまし」

大声を張り上げた。

帳場格子に陣取っていた半白髪の番頭は、胡散臭げに顔を上げた途端、急ぎ、小梅の立つ土間近くにやって来て膝を揃えた。

「これはこれは、ようこそ」

とってつけたような世辞を口にすると、帳場の隅で帳面付けをしていた手代らしい二人の男に向かって、

「誰か、こちらに茶を」

と命じると、年の若い手代が立って、暖簾の奥へと入って行った。

奥へ向かった手代も帳場に残った手代も、『木島屋』の印半纏を羽織っていたが、先日、小梅に金を差し出した男とは、年恰好も顔かたちも違っていた。

「今日はなにか」

膝のあたりで両掌を揉みながら、番頭が愛想笑いを向けた。

猫助の子分どもを相手に、大立ち回りをした末に叩きのめした小梅を恐れているのかも知れない。

「こちらに、才次郎という奉公人はおいででしたかね」

土間の框に腰を掛けた小梅が尋ねると、

「才次郎」

小さく口にした番頭は小首を傾げ、帳場に残っていた年かさの手代に眼を向けたが、すぐに首を捻った。

その様子から、隠し事をしている風には見えない。

奥から戻ってきた手代が、湯呑の載ったお盆を手にして、小梅の近くに座った。

「左の耳の下に、小さな黒子のある手代でしたがね」

小梅がそう言うと、お盆を置いた手代の手が揺れたのか、湯呑が動いてほんの少し茶を零（こぼ）した。

「申し訳ありません」

茶を持ってきた手代が、お盆を持って立ち上がるので、

「このままで結構です」

小梅は気を利かせて止めたが、

「奥へ行って、一応旦那様にも尋ねさせますから」

番頭は小梅にそう断わると、若い手代に「行くように」とでも言うように頷いて見せた。

その時、

「先日の灸師さんがお見えだと聞きましてね」

そう言いながら帳場に現れた甚兵衛が、小梅の近くに膝を揃えた。

「いま、仙太を知らせに行かせようとしたところでしたが」

「うん。その様子が聞こえたんで、来てみたんだよ」

甚兵衛は番頭にそう言うと、

「なんでも、耳の下に黒子のある、才次郎とかいう奉公人のことだとか」

鷹揚な笑みを小梅に向けて問いかけた。

「名が、才次郎というかどうかは分かりませんが、こちらの印半纏を着た黒子のある手代らしい男の人を、見かけております。二日前、こちらに伺った日、旦那さんに頼まれたと言って、わたしに金の包みを差し出しましたから」

「あぁ。はいはい。あれは、小三郎といいまして、昨日、急に暇を取りましたよ」

甚兵衛は小梅にそう言うと、番頭に眼を遣る。

番頭は恭しく相槌を打ち、帳場にいた手代二人もこくりと頷いた。

「暇を取って、どこに」

「父親が寝込んだと言って、生まれ在所の下野に帰って行きましたが、番頭さん、詳しいことは分かりますかね」

甚兵衛が話を振ると、

「それが、奉公人を世話してくれていた口入れ屋が、去年の大火で焼けてしまいまして、下野のどこから来たのか、請け人が誰かということまでは、分からなくなったのでございます」

よどみなく答えた番頭は、板張りに両手を突いた。

「それで、あなた様は、あの小三郎にどのようなご用件がおありで？」

甚兵衛は小梅に、穏やかな顔を向けた。

話していいものかどうか、小梅は一瞬迷ったが、

「もと中村座の大部屋役者、坂東吉太郎を知ってるかどうかを、聞いてみたかった

もんですから」

隠さず打ち明けると、甚兵衛の顔色をさりげなく窺った。

「奉公人の一人一人のことまでは、なかなか行き届きませんもので」

甚兵衛が静かにそう言うと、番頭たちまでもが、小さく相槌を打った。

「その、小三郎さんは、いつ江戸にお戻りですか」

小梅が甚兵衛に問いかけると、

「父親の病が癒えるまでは里に残ると思いますが、もし、戻ってくると分かったら、お知らせしますよ」

「知らせるっていうと」

「『灸据所　薬師庵』の小梅さんだということは、『小助店』の吾平さんから聞き出しましたのでね」

淡々と口にした甚兵衛は、小梅に向かって穏やかな笑みを浮かべた。

深川材木町の材木問屋『木島屋』を後にした小梅は、油堀に沿って大川の方へと足を向けている。

この前来た時と同じように、大川端に出たら下流に向かい、永代橋を通って霊岸島に渡るつもりである。

東西の永代河岸を結ぶ元木橋を渡った小梅は、油堀に架かる千鳥橋を速足で渡って来る菅笠（すげがさ）の浪人者に気付いた。

浪人者は、小梅の近くを通り過ぎざま、

「『油堀の猫助』の子分が付けてくるようだよ」

笠を少し持ち上げて早口で言うと、仙台堀の方へと歩み去った。

二日前、式伊十郎と名乗った浪人者に違いなかった。

立ち止まった小梅が木島屋の方に眼を向けると、むさくるしい装（な）りをした、『油堀の猫助』の子分と思しき男が三人、ぎくりと足を止めた。

木島屋から知らせを受けた『油堀の猫助』が、どういうつもりか分からないが、子分を差し向けたのだと思われる。

もしかしたら、才次郎のことを聞きに行ったことが、木島屋の気に障ったのだろうか。

まぁいいや――胸の内で吐き出すと、小梅は踵を返した。

油堀の入口に架かる下ノ橋を永代橋の方へ曲がるときに、さりげなく木島屋の方を窺うと、むさくるしい連中の姿はなくなっていた。

ほんの少し不気味な戦き（おののき）を感じたが、小梅は一気に大川の下流へと足を速めた。

第四話　告白

一

十一月は、霜月とも雪待月ともいわれる通り、夜ともなるとかなり冷える。
常夜灯の明かりで、吐く息が白く流れて行くのが見える。
灸の道具箱を提げた小梅は、夜道を急いでいた。
町の木戸が閉まる四つ（十時頃）が迫っているのだ。
町ごとに設けられた木戸は、捕り物があれば閉ざされて犯罪人の逃亡を防いだり、
番屋に住み込む木戸番が、町内の保安や出火の予防に努めたりしていた。
四つを過ぎて木戸が閉まっても、医者と産婆はなにも言わずに通したし、名と行

先をきちんと告げれば木戸を開けてくれ、木戸番は送り拍子木を打って、通行人があることを次の木戸に知らせてもくれる。

日中は大小の商家や職人の家が立ち並んで賑やかな通新石町も、四つ近くになるとしんと静まり返っていた。

常夜灯を過ぎるたびに暗闇に包まれる。

ひたひたと、微かな足音が聞こえたと思った直後、目の前の脇道から頰被りをした黒ずくめの人影が飛び出し、小梅に気付くと足をびくりと止めて、別の方角に足を向けた。

その時、慌ただしい幾つかの足音が近づいて来た。

すると、黒ずくめの人影がこちらに向き直るや近寄って来て、小梅の手に小さな布包みを持たせ、

「隠して」

低い声で告げるや否や、大きな商家と商家の間の細い小路の暗がりへ逃げ込んでいった。

戸惑う間もない瞬時の出来事だった。

布包みを道具箱に仕舞おうとしたが、引き出しは小さくて収まりそうになく、細身の裁着袴に重ねて着ている、尻っ端折りをした着物の袂に落とした。

慌ただしい足音が大きくなって、現れた三人の男が四つ辻で足を止めると、左右に眼を走らせる。

「親分」

声を出した男の一人が、小梅の方に指を向けたのが、影ではあったが見て取れた。

腰に差していた十手を引き抜いた男が、二人の男を引き連れて来て、三人で小梅を取り囲むようにして立った。

十手を持っているのは一人だけのようで、どうやら、目明かしとその下っ引き二人と思われる。

「女ですぜ」

下っ引きと思しき男が、小梅の髪型や装りを見て呟いた。

「いま、この辺りで黒ずくめの男を見なかったか」

「いいえ。なにしろ、辺りは暗がりですから」

小梅は、目明かしの問いかけに嘘をついた。

「親分、あの野郎、逃げる途中、黒い着物を一枚脱ぎ捨てたのかもしれませんよ」

さっき、小梅を見て女だと口にした下っ引きが近辺の暗がりを捜し始めると、もう一人の下っ引きもそれに倣った。

「お前さん、いま時分、女一人で出歩いていたのかい」

目明かしが、小梅に疑いの眼を向けた。

「灸の御贔屓を頂戴しておりますお屋敷に出療治に伺った後、近くの料理屋にお誘いいただいた帰りでして」

小梅は、左手に提げていた灸の道具箱を少し持ち上げて見せた。

「お屋敷っていうと」

目明かしの横に立った下っ引きが、不審の声を上げた。

「近くのお旗本ですが、お疑いなら、この先の辻番所にご案内しますので」

幾ら口で言っても埒が明かないと踏んだ小梅は、目明かしたちの先に立って、多町の方へ足を向けた。

辻番所は武家地にある、町家でいう自身番のようなものである。

大名家が一手持ちしている辻番所もあるが、近隣の武家が費用を出している辻番所もあり、いずれも武家地の治安のために置いてあった。

　町の角を三度曲がって、小梅は、目明かしたちを丁字路に立つ辻番所に案内した。

「この番所の裏は、越前大野藩、土井(どい)様の上屋敷でして」

　そう口にした小梅が、明かりの映る番所の戸を静かに開けて、

「おじさん、御用の筋のみなさんに怪しまれてしまってさぁ」

　ぼやきを洩らす。

　すると、中年の辻番が顔を出した。

「この灸据え女を知ってるのかい」

「へぇ。お向かいの御書院番、川崎(かわさき)様が御贔屓にしておいでの『灸据所　薬師庵』の小梅さんですが」

　辻番が目明かしにそう答えると、

「あれ。夕刻から川崎様のお供で料理屋に行ったんじゃなかったのかい」

　訝(いぶか)るように小梅に顔を向けた。

「その帰り道だったんですよぉ」

「そりゃぁ、難儀だったたねぇ」

辻番と小梅がそんなやり取りをしていると、

「夜更けは危ねぇから、気を付けて帰りな」

目明かしが小梅に声を掛け、下っ引き二人を従えて、来た道を取って返した。

手間をかけたことを辻番に詫びると、小梅も来た道をゆっくりと取って返す。

黒ずくめの人影から布包みを託された場所に戻ってきた小梅は、用心深く辺りを見回した。辺りに目明かしたちの姿はなく、通新石町一帯は静寂に包まれていた。

布包みを託した者が暗がりに潜んでいるのではないかと、そっと小路に足を踏み入れると、建物の壁に嵌(はま)った格子窓に、黒い着物と一本の手拭いが引っかけられていた。

黒ずくめの人物が戻って来て脱ぎ捨てたものかどうか判断はつきかねたが、着物から、嗅いだ覚えのある匂いがした。

二

九つ(正午頃)の鐘が聞こえ始めたころ、『灸据所　薬師庵』の客を送り出した小梅は、ふぅと声に出して、一息ついた。

療治部屋で襷を外すと、居間に入って座り込み、長火鉢の猫板に置いていた湯呑の残りの茶を、一気に飲み干した。

半刻（約一時間）前、療治の客が来た時に飲み残していたものなので、とっくに冷めていた。

火勢の衰えていた火鉢の火に、二つばかり炭を置くと、小梅は息を吹きかけた。

十一月になって五日目だが、先月よりも灸の客は増えている。

寒さに縮こまった年配者が、足腰の痛みを訴えにやって来るのだ。

仕事もせわしないが、十一月に多くの行事が立て込んでいるのは例年のことだった。

歌舞伎の顔見世芝居は一日に始まっていたし、酉の日ともなれば、浅草の鷲神社では酉の市が賑わいを見せる。

十五日は七五三で、方々の神社には産土詣の親子連れが集まる。

酒好きの連中が待ち望んでいるのが、上方の灘や池田などから江戸に運ばれてくる新酒である。

江戸の近郊で造られる酒は、一升で二十文（約四〇〇円）から四十文（約八〇〇円）が相場だが、上方から運ばれてくる酒は、一升八十文（約一六〇〇円）から百三十文（約二六〇〇円）と値が張る。だが、見栄を張る江戸者は、美味くて高い上方からの〈下り酒〉を、この上なく崇めていた。

新たに載せた炭に火がついて、長火鉢でバチバチと爆ぜる音がした。

そうだ――小梅は、腹の中で呟くと、火鉢の縁に両手を突いて立ち上がり、奥の六畳間へ通じる襖を開けた。

広さ六畳の居間は、夜はお寅の寝間になるのだが、奥の六畳の部屋は小梅の寝間である。

夜具や細々とした道具、柳行李などを仕舞う両開きの押し入れの近くに、お寅と小梅の二棹の簞笥が並んでいた。

居間から遠い方に置いてある自分の簞笥の、一番上の引き出しを引き開けて手を差し入れると、紫色の布包みを取り出した。

昨夜、何者かに渡されたものだが、黒いと思っていた布の色が紫だったことは、たったいま知った。

その布をゆっくりと広げると、漆塗りの櫛が二枚と銀の簪が三本現れたが、あきらかに値の張るものだと見て取れる。

昨夜はなんの匂いか気付かなかったが、紫色の布からは、伽羅の香りがした。

「あれ。昼前の療治は済んだのかい」

戸口の方から、屈託のないお寅の声がした。

布包みを箪笥に仕舞い込んだ小梅が居間に戻ると同時に、お寅が入ってきた。

「わたしが療治しているのをいいことに、ふらふらどこに行ってたのよ」

「ほら、貰い物の牛蒡餅を長谷川町のおよしさんに届けるって、そう言ったけど、聞こえなかったのかい」

平然と返答しながら長火鉢の傍に座り込むと、お寅は鉄瓶の取っ手を袂で握り、急須に湯を注ぐ。

「戸口を開け閉めしてからとっくに半刻（約一時間）は経ってるよ。隣り町の長谷川町なら、行ってすぐ戻れると思うけどね」

「あんたもいちいち細かいこと言うねぇ。届けたついでにちょっと話し込んだんじゃないかぁ」

口を尖らせたお寅は、自分の湯呑を猫板に置くと、音を立てて茶を注いだ。

「そういう暇があるなら、浅草の市村座に顔を出したらどうなのさ。先月の一年ぶりの興行にも行ってないし、お父っつぁんに成り代わって、太夫元に顔見世のお祝いを言いに行ったっていいじゃないか」

小梅が座り込んで噛んで含めるように説くと、

「小屋に行って、知った顔を見ると辛くなるんじゃないかと、怖いんだよ。あの人が生きてたら、楽屋の中を忙しく動き回ってたに違いないなんて思ったりするのがさぁ」

珍しく辛気臭いことを口にして、お寅は湯呑を口に運んだ。

そのとき、戸の開く音がして、

「栄吉です」

戸口の方から畏まった声がした。

小梅が居間を出て、三和土の上がり口に立つと、

「おあがりよ」

幼馴染みに気安い物言いをした。

「それが、いや、ちょっと」

栄吉が戸惑いを見せると、

「なに遠慮なんかしてんだい」

居間の開いた障子の隙間から顔を覗かせたお寅から、急かすような声が飛んだ。

「実は、ちょっと聞きにくいことがあって来たんだよ」

伏し目がちの栄吉は、落ち着かない様子で、片手でしきりに頭を撫でる。

「栄吉」

小梅が声を掛けると、

「小梅、お前、清七さんから聞いた話をおれたちにしてくれたが、その後は会ってないのかい」

「うん」

小梅は頷いた。

清七と会ったのは、先月の晦日(みそか)だから、まだ五日しか経ってはいなかった。

「なんだいお前、清七さんと会っていたのかい」

素っ頓狂な声を上げたお寅は、三和土の近くに出てくると、まるで咎(とが)めでもするように眼を吊り上げた。

「療治を頼まれた船宿に行ったら、清七さんが居たんだよ」

小梅はその日、築地の旗本家に療治に出ていた。

そこへ、『灸据所　薬師庵』から「大川端町の船宿に行くように」との言付けが届けられたので、それに従ったのだった。

その経緯を話すと、小梅とお寅のやり取りを聞いていた栄吉が、
するとと、お寅はやっと納得した。

「朝方、芝口界隈の目明かしの下っ引きをしている知り合いと牢屋敷で話をしてたら、とんでもないことを聞かされたんだよ」

いわくありげな物言いをした。

栄吉の知り合いの下っ引きによれば、上野南大門町の小間物屋『柳屋』の倅が死んだということだった。

「『柳屋』っていやぁ、清七さんの実家じゃないか」

間髪を容れず、お寅が反応すると、

「それじゃ、跡継ぎの兄さんが？」

　小梅も続けて問いかけた。

「そうじゃねぇんだ。その下っ引きは、役者になってた、跡継ぎの弟だって言ったんだよ」

「清七さんが──」

　お寅が声を掠れさせ、息を呑んだ小梅はがくりと膝を折って、その場に座り込んだ。

「増上寺近くの汐留川に浮かんでいたのを、芝口の親分と町内の連中で岸に引き上げたっていうんだよ」

　栄吉が言うには、清七に目立った外傷はなかったらしい。

　検死の役人の見立てでは、首に絞められた痕はあったものの、自死か殺されたかは不明だということである。

　死体は一旦、芝神明宮裏にある増上寺の支院に移されて、身元探しが行われたという。

　すると二日前、芝神明門前の料理屋の番頭が、死体の顔形と火傷の痕から、時々、芝神明門前や増上寺門前の近辺を歩く二人組の声色屋の片割れではないかと申し出た。

相方を務めていた幇間を呼んで死体の顔を見せると、

「清七という、もと中村座の大部屋の立役、坂東吉太郎に間違いありません」

そう口にして、項垂れたということである。

「それで」

栄吉にそう問いかけたのは、お寅だった。

「死体はすぐに『柳屋』に引き渡されて、昨日、実家の菩提寺で弔いを済ませたということだよ」

栄吉がそう述べると、小梅はゆっくりと腰を上げた。

「小梅」

お寅の呼びかけにも答えず、小梅は自分の寝間に入ると後ろ手で襖を閉め、音もなくその場に座り込んだ。

三

浅草御蔵前から左に折れ、下谷七軒町の御徒大縄地に足を向けたあたりで、背中の方から朝日が射した。

間もなく六つ半（七時頃）という頃おいだろう。

背中に日を受けた小梅は、灸の療治に出かけるときの裁着袴の装いとは違っていた。銀鼠の着物に紫紺の羽織を着て草履を履いており、手には切り花の束を携えている。

夜が明け始めたころに日本橋高砂町の家を出た小梅は、浅草新寺町にある『柳屋』の菩提寺に歩を進めていた。

下っ引きの栄吉によって、清七の死を聞かされてから二日が経った朝である。

清七の死を知ったその日、小梅は掻巻を被って、日暮れまで寝間に閉じ籠っていた。

「灸の客が来たら、あたしが引き受けるから、心配しないで黙って寝てりゃいいよ」

お寅は寝間の襖を開けてそれだけ言うと、その後は一度も現れず、療治にやって来た客に灸を据え続けていた。

お寅が次に顔を出したのは、いつもならとっくに夕餉の支度を済ませている時分だった。

「今日は一人で忙しかったから、夕餉の支度なんかしちゃいられなかったよ。あたしはその辺で適当に食べるから、お前さんもどこかに行って、美味い物を肴に酒でも飲んでおいでな」

普段、夕餉の支度など滅多にしないお寅のその言い草には呆れかえったが、勧められたとおり、小梅は深川へと遠出をした。

深川佃町の居酒屋『三春屋』に行き、入れ込みの隅に陣取った。

「いらっしゃい」

小さな笑顔で迎えてくれた女将の千賀に料理を任せて、酒を頼んだ。

清七に起こった禍を知っているのかどうかは分からなかったが、千賀はあれこれと口を利くこともなく、飛び回った。

おそらく、小梅の顔つきから何かを察して一人にしてくれたのかもしれなかった。

ぐい飲みを口に運んでは涙を拭う小梅を見ても、千賀は詮索もせず、黙って酒を注いで離れてくれたことは、気が楽でありがたかった。

浅草新寺町にある寺の山門を潜り、本堂に上がって持参の線香に火を点けた後、境内を掃いていた若い僧侶に小間物屋『柳屋』の新墓の場所を尋ねると、

「ご案内します」

先に立ってくれた。

本堂の裏手にある墓所に行くと、

「こちらです」

大小三基の墓石が並んだところで僧侶は足を止め、真新しい白木の墓標を指し示した。

墓標には『俗名　清七』や『行年　二十七』の文字が黒々と記されていた。

「では」

僧侶は一声かけて、その場を離れた。

小梅は、新墓の前の線香立てに火の点いた線香を立てる。

つぎに、閼伽桶の水に挿していた切り花を一対の竹の花筒に挿す。

それを済ませると新墓の前で膝を折って腰を落とし、墓標を見上げてゆっくりと

両手を合わせた。

『わたし、もう泣かないよ。昨日までさんざん泣いて、泣き納めをしてきたんだよ。これからは、悲しんでばかりはいられないけど、ごめんよ。その代わり、あんたのことは決して忘れないから。清七さん、それで勘弁しておくれ』

胸の内でそんなことを口走った小梅が腰を上げると、線香の煙が白木の墓標を巻くようにして立ち昇り、やがて澄んだ冬空に消えていった。

四

日本橋高砂町一帯は夕焼けの色に染まっていた。

商家の多くは、ほどなく戸を下ろす支度にかかり、出職の者たちは一日の仕事納めに取り掛かる頃おいである。

『灸据所　薬師庵』を出た小梅は、大門通へと足を向けている。

清七の墓前に参ったこの日、昼から二か所の出療治をこなして、ほんの少し前に家に戻ると、

「七つ半ごろ（五時頃）までに帰ってきたら、小梅に大門通の自身番に来てもらいたい」

　下っ引きの栄吉からだという言付けをお寅から聞いて、小梅は道具箱を置いて出たばかりだった。

　気分を入れ替えようと墓参りに着ていた地味な着物を脱ぎ捨てて、縹色に紺の吉原繋ぎの裁着袴に、尻っ端折りをした曙色の着物へと、明るい色合いの仕事着にしていた。

「小梅ですが」

　七つ半には少し早かったものの、自身番の上がり框の外から声をかけると、

「お入りよ」

　目明かしの矢之助の声がして、中から栄吉が障子を開けてくれた。

　小梅が三畳の座敷に上がり込むと、矢之助と並んで火鉢にあたっていた北町奉行所の同心、大森平助が、

「火の傍に」

　火鉢の近くを手で示した。

小梅が火鉢の近くに膝を揃え、栄吉が矢之助の背後に控えると、

「この前、汐留川から引き上げられた清七って仏は、小梅さん、あんたとはわりない仲だったそうだねぇ」

大森が、労わるような物言いをした。

小梅が、小さく頭を下げると、

「いやね。あんたが、つい最近清七さんと会った時に打ち明けられたっていう、一年半前から起きた話を矢之助から聞いて、おれも直に確かめてみたいと思って来てもらったんだよ」

「承知しました」

大森に頭を下げると、小梅は、清七の身に降りかかった、この一年半ばかりの出来事を、思い出しながら語り始めた。

扇屋の才次郎と名乗るお店者(たなもの)が、清七の役者名、坂東吉太郎に近づいてきたのがことの発端であった。

その才次郎は、酒席に連れてきた大工の辰治を清七に引き合わせたあとは姿を見せなくなったのだ。

辰治との交流を深めていった清七が、去年の十月、酒に酔った辰治を中村座の楽屋に入れ、自らも泊まったという経緯を、小梅は口にした。

「中村座から火が出たっていうのは、その翌日の夜明け前だったんだな」

大森が独り言のように呟くと、小梅は相槌を打った。

「ところが、楽屋に寝ていた辰治って大工が生きているのか焼け死んだものか、皆目分からねぇままだったのが」

矢之助がそこまで言うと、

「この前、箱崎の川に浮かんでた蛇の彫物の男だったというわけだろう」

大森が口を挟んだ。

「さようで」

矢之助は頷いた。

清七と懇意になった辰治は、一年前の火事を境に姿をくらました。死体となって見つかった後、かつては博徒の子分で『賽の目の銀二』と呼ばれていた男だというのも分かっている。

「小梅さん、船宿で会った清七さんが、別れ際に、誰に嵌められたのか突き止めるのかねぇ」

と口にしたということだが、なにか心当たりとか手掛かりでもあってのことだった

大森に問いかけられた小梅は、

「さぁ。詳しいことを聞く前に、部屋から飛び出していったので」

そう返事をすると、膝に置いた手に眼を落とした。

小梅は大森に、ひとつ隠し事をした。

嵌めた者を突き止めると言って船宿から飛び出していった日の夜、清七が放り込んだと思える結び文に、『才次郎の耳の下に、小さな黒子有り』という文面があったのを、翌朝になって小梅は見た。

清七は、耳の下の黒子というのを、才次郎捜しの手掛かりにしたと思われ、それで小梅は、深川の材木問屋『木島屋』で見かけた手代に会いに行ったのだ。

しかし、黒子のあった手代は小三郎という名であり、『木島屋』からは暇を取って下野に帰ったと知らされた。

耳の下の黒子という、雲をつかむような手掛かりのこと、しかも、『木島屋』にまで行ったものの無駄足だったことなど、大森に言うには憚られたのである。

「大森様。あっしが思いますに、清七さんは、一年前の芝居町の火事がなんで起きたのか、その真相を探ろうとして殺されたんじゃありませんかねぇ」

矢之助が、重々しい物言いをすると、さらに、

「辰治と名乗った大工が、『賽の目の銀二』だとすると、もしかしたら、誰かにそそのかされて火を付けた当人かもしれません」

とも続けた。

「その銀二が、どうして殺されたんでやしょう」

栄吉が恐る恐る口を利くと、

「この前、銀二を知っているという男が読売の吉松のとこに現れて、そのあと、小梅さんにも話したことが気になるんだよ。銀二はその男に、羽振りがいいのは、江戸に太い金蔓(かねづる)があるからだと言ったそうじゃねえか」

矢之助は静かに答えた。

「太い金蔓ねぇ」

大森が独り言を呟くと、

「それが、火付けをそそのかした黒幕か、それに近い、金蔵を持ってる誰かかもし

れません。清七さんはその黒幕に近づき過ぎ、一方銀二は恐れを知らずに金をゆすった挙句、始末されたとも考えられます」

「矢之助、それは芝居の筋立てとしちゃ面白いが、証を立てる材料がねぇ。憶測だけじゃなんともならねぇよ」

大森は逸る矢之助にそう言うと、

「ただ、矢之助の話を、そうだとは言えねぇものの、違うとも言えねぇのが、ちと悩ましいとこだ」

胸の前で腕を組み、大きくため息をついた。

五

長火鉢の前に陣取った小梅は、五徳に置いた網に載せたふたつの餅を、箸で何度かひっくり返して、焼け具合を見ている。

昼前にやってきた療治の客が帰っていくとすぐ、小梅とお寅は、四畳半の療治場の縁側にある障子戸を開けて、簡単な掃除をした。

清七の墓参りをした翌日である。

部屋に籠った艾の匂いを庭の方へ追い出したり、縁に立って、客のために敷いていた薄縁をはたいて埃を払うと、小梅は再度、障子を閉め切った。

「昼は、温かい雑煮がいいね」

掃除の後、並んで灸の道具箱に艾や線香の補充をしている時、訊いたわけでもないのに、お寅から昼餉の注文が出た。

いずれにしろ、昼餉の支度をするのはいつも通り小梅の役目だから、望みを口にするのは構わない。だが、注文を口にする前に一言、「お願いだけど」とか「すまないが」ぐらい言ってくれてもいいではないかと、たまに、ムッとすることもあった。

火鉢で焼いていたふたつの餅が、いい具合に焼け、膨らんだと思ったら破裂してしぼんだ。

それを、小皿に載せた時、

「こんちは」

男の声を聞いた小梅が居間を出ると、療治場から出てきたお寅と三和土の上がり口で鉢合わせをした。

「どうぞ」

小梅が戸口の外に声を掛けると、

「この前のお礼に参りましたよ」

屋根屋の吾平が三和土に足を踏み入れて、笑顔で頭を下げた。

「あれまぁ、吾平さん、深川からここまで歩いて来なすったのかい」

お寅が心配そうな声をかけると、

「この前の療治のあと、大分楽になったもんですから」

「娘の灸は効き目がいいだろう。なにせ、教えたのはこのあたしだからさ。ははは」

お寅は、吾平の返事を聞くと、大口を開けて笑った。

「灸のお礼もですが、小梅さんには別のことでお礼にあがりました」

「なんのことです」

小梅が、首を傾げると、

「あの日、小梅さんが『油堀の猫助』の子分どもの乱暴を、家主の『木島屋』さんに談判してくれたと聞いたんで、他の住人からも頼まれて、お礼に来たんですよ」

吾平はそう言うと、膝に手を置いて深々と腰を折った。

顔を上げた吾平は、『木島屋』からの店立ての要求に変わりはないが、住人に脅しを掛けるようなことは一切なくなったと安堵の言葉を口にした。

それればかりか、深川相川町の『小助店』を立ち退くに当たって、一家に一両の金が家主の『木島屋』から出たともいう。

「『小助店』は二棟で十二所帯だから、しめて十二両とは『木島屋』も思い切ったね」

小梅は満足げに笑みを浮かべた。

「それで、昨日本所(ほんじょ)の竪川(たてかわ)近くの裏店に引っ越しをしましたんで、その挨拶に伺ったような次第で」

改まった吾平は軽く頭を下げ、

「次から灸をお願いするときは、どうかこちらの方へ」

住まいの場所を書いた紙きれを小梅に差し出すと、一礼をして表へと出て行った。

「吾平さん、どこに移ったって？」

お寅に聞かれて紙きれを見ると、〈本所林町一丁目　二ツ目ノ橋　忠平店〉と、金釘流で認められていた。

その時、外からいきなり戸が開けられた。

「なんだいいきなり。びっくりするじゃないか」

お寅が、奇妙な装りをして入り込んだ金助に声を荒らげた。

「すいません。ここにお出でとは気づきもせず」

鬼の角らしきものを頭に二本立て、細身の股引の上から虎柄の褌を締めた金助は、小さな太鼓数個を輪のようにしたものを背に負っていた。

「お前さん、いつもそんな恰好で町を行き来してんのかい」

「おっ母さん、何言ってんのさ。金助さんの仕事は雷避けの札売りだもの。これは、役者でいえば舞台衣装のようなものなんだよ」

「すいません。仕事の途中だったもんで」

金助は頭を下げた。

そして、朝方、住吉町の『鬼切屋』に立ち寄ったら治郎兵衛が来ていて、

「『薬師庵』の近くを通りかかることがあったら、昼過ぎでもいいから療治を頼み

たいと伝えてくれねぇか」

そう頼まれていたのだと、金助は告げた。

金助は、今年十八になるのだが、香具師の元締をしていた時分の『鬼切屋』の身内ということではなかった。生来の孤児で、町中で掏摸や盗みで食いつないでいた頃、金助を捕まえて懲らしめてくれた佐次を親分と崇めて、盗みからはすっぱりと足を洗った変わり者である。

佐次の口利きで正之助に預けられた年若の金助は、雷避けの札売りをしたり、まめに働くので『鬼切屋』の一党からも可愛がられていた。

「分かったよ。昼からの出療治はないから、昼餉を摂ったら住吉町に行くことにするよ」

「ありがとうございます」

金助は、請け合った小梅に丁寧に頭を下げた。

「金助さん、あんた昼餉はどうするんだい」

お寅が尋ねると、

「柳橋の方に回って、佐次の兄貴の顔でも見てからにしようかと思ってます」

金助は、掃き溜めから救い上げてくれた恩人の名を口にして、笑みを浮かべた。

「佐次さんの手が空いてたら、船で深川まで乗せて行ってもらいたいけど、急な頼みじゃ無理だろうね」

小梅は呟いて、小首を傾げた。

「なんなら、おれが兄貴に聞いておきますよ」

金助はそう言うと、「それじゃおれは」と会釈して、三和土から表へと出た。

「住吉町で治郎兵衛さんの療治をしてるけど、八つ（二時頃）までに佐次さんが来なかったら歩いて行くから、無理しないようにって言っておくれよ」

小梅が声を張り上げると、背中の太鼓の輪を揺らしながら駆けていく金助から、

「へぇい」と返事があった。

六

竈河岸（へっついがし）の住吉町にある『鬼切屋』というのは、三代目を継ぐはずだった正之助が一人住む、五軒長屋の一番奥の家のことである。

『香具師の元締として、両国界隈で勇名を馳せていたころの面影は微塵もない』

正之助が日頃から言っている通り、『鬼切屋』を示すものは、戸口の脇に掛けられた小さな木札に記された『鬼切屋』の文字だけだった。

その『鬼切屋』の一間で、小梅は先刻から、腹這っている治郎兵衛の腰に灸を据え続けていた。

家の主の正之助は何年も前から、口入れ屋の帳面付けという仕事をしており、昼間はほとんど家を空けている。

近くの元大坂町の長屋住まいをしている治郎兵衛は、町小使の仕事がないとき、三代目の家に現れて掃除や洗濯をしたり、留守番を兼ねたりするのが己の務めだと思っている節があった。

「小梅さん、清七さんは、気の毒なことだったたね」

眠っているのかと思っていた治郎兵衛の口から、思いがけない言葉が掛かった。

「ありがとう」

一言そう言うと、艾を摘まんで治郎兵衛の腰に置き、火を点けた。

「もし、清七さんが殺されたわけを知りたいと思う時があれば、わたしも少しは力になれると思うよ」

穏やかな物言いだったが、治郎兵衛の声音には揺るぎのない響きがあった。

「『鬼切屋』も、今じゃ竈河岸に引っ込んでしまったが、昔ほどじゃないにしても、裏の世界にはまだ知り合いが生き残ってるから、探る手蔓はあるんだよ。その気になったら遠慮なく言っておくれ」

「ありがとう」

小梅の声が、少し掠れた。

腰から下には搔巻が掛かっているが、肌を晒している治郎兵衛の背中には、若い時分に受けた切り傷の痕が無数に残っている。

初めて腰の療治をした時、

「これは」

驚きが小梅の口を衝いて出たが、治郎兵衛は小さく笑って何も言わなかった。

おそらく、初代の親分が『鬼切屋』を率いていた時分、様々な修羅場を潜ってきた証だろうと思っている。

慌ただしい足音が近づいて来ると、いきなり戸が開けられた。

「よかった。間に合ったね」

路地から土間に足を踏み入れた佐次が、小梅を見て大きく息を継いだ。

竈河岸のある辺りから徒歩で深川に行くには、霊岸島へ回り込んで永代橋を渡らなければならない。

だが、船を使って大川を横切れば、対岸の深川まではほんのわずかで行きつく。

浜町堀の入江橋に繋がれていた佐次の猪牙船に乗り込んだ小梅は、深川の油堀河岸へ行きたいと頼んでいた。

「治郎兵衛とっつぁんの腰の具合はどうだったね」

浜町堀から大川へ漕ぎ出したところで、佐次が問いかけてきた。

「あの年で町小使をしてるから、そりゃ疲れも溜まってるよ」

小梅はそう返事をした。

だが、治郎兵衛が療治を望んだのは、腰が痛いからではなかったのだと思っている。

清七の死を悔やみ、死の真相を探るなら手を貸すと言いたいがために小梅を呼んだに違いなかった。

　療治の間、治郎兵衛が口を利いたのはそのことだけで、あとは黙り込んでいたことからも察せられた。

「千鳥橋の袂で下りるけど、ほんの少し待っていられるかい。用事はすぐ済むから」

「あぁ、いいよ」

　気安く返答すると、佐次は油堀に架かる千鳥橋近くの河岸に船腹を着けた。

　猪牙船を下りた小梅は元木橋を渡り、少し先に見える材木問屋『木島屋』へと歩を進める。

　店先には垂れを上げた四手駕籠が置いてあり、堀端に腰掛けた駕籠舁き人足が二人、のんびりと日を浴びていた。

　小梅は、材木置き場には回らず、通りから帳場の土間へと足を踏み入れ、

「甚兵衛さんにお目にかかりたいんですがね」

　帳場格子に着いていた番頭に声を掛けると、

「今は来客中でして、無理ですな」

抑揚のない声が返ってきた。

「だったら、言付けを頼みます。相川町の『小助店』の店立てには、住人に手厚い志を下されたと聞きましたんで、一言お礼に伺ったとお伝え願います。では」

言うだけ言うと、小梅は通りへと出て、一、二歩、足を進めた時、

「大旦那のお帰りだよ」

店の中から番頭の声がした。

小梅が道端に止まって振り向くと、堀端で日を浴びていた駕籠舁き人足の二人が、急ぎ店先に置かれた四手駕籠に駆け寄って行くのが眼に留まった。

すると、腰を屈めた番頭が道案内のように店から出て、三人の手代を従えた甚兵衛が、幾らか年上に見える小柄な白髪の老爺に付き従う様子で道に出てきた。

その老爺の顔には艶があり、商家の主のようにも見えたが、草履を脱いで駕籠に乗り込む横顔には、一瞬鋭さのようなものが現れたのに、小梅は気付いた。

甚兵衛は、白髪の老爺が脱いだ草履を手に取ると駕籠の中の物入れに挿し、恭しく頭を下げて腰を伸ばした。

駕籠はすぐに担ぎ上げられて、垂れを上げたまま大川の方へと前棒が向かった。

その後に続くことになった小梅は、

「佐次さん、ありがとう。引き上げるよ」

千鳥橋の袂で待っていた佐次の猪牙船に乗り込んだ。

「柳橋に戻るなら、なにも浜町堀に入らなくてもいいから、川端の川口橋で下ろしておくれ」

「分かった」

そう言うと、佐次は棹を差して、船の舳先（へさき）を大川へと向けた。

しばらく進むと、油堀に沿った右手の道を行く四手駕籠に追いつき、並走する形になった。

駕籠に揺られている白髪の老爺は胸の前で両腕を組み、瞑目（めいもく）した横顔を見せている。

佐次の猪牙船はすぐに駕籠を追い抜く。

そして、先に大川に出たところで小梅が振り向くと、白髪の老爺の乗った駕籠は、油堀に架かる下ノ橋を永代橋の方へ渡り終えるところだった。

七

朝から厚い雲に覆われていたものの、昼を過ぎると、ところどころ雲が切れて、雨の心配はなくなった。

小梅はこの日、『療治の相談をしたいので、来てもらいたい』という要望のあった、日本橋の箔屋(はくや)を訪れていた。

『灸据所　薬師庵』としては、初めての療治先だった。

店の奥にある住まいの一室に通されるとすぐ、お内儀と思しき四十ほどの女が、十七、八の娘を伴って入り、

「この娘の、腹の具合が思わしくありませんので、お灸でなんとかならないものかと、おいで願ったようなわけで」

そう言うと、母親は上体を倒して頭を下げた。それに倣(なら)おうとした娘は、体を少し倒しかけたところで眉間に皺を寄せ、倒すのをやめた。

「腹が思わしくないというと、どんな具合でございましょう」

小梅は穏やかに尋ねた。

するると、母娘ともに戸惑いを見せ、娘に至っては、軽く唇を噛んで顔を伏せた。

「その、腹の中がぐるぐると音を立てることもあれば、痛み出したり、帯がきつく感じたり、ですとか」

「そういうことなら、医者に行かれた方がいいと思いますよ」

灸のツボなら分かるものの、人の臓腑の具合を診断する力などない小梅は、親切心でそう勧めた。

「医者に掛かりますと、あれこれ噂になる心配もありますし」

「灸にしても、灸師が通えば、近所の噂になることだって」

「いいえ」

小梅の言葉を断ち切った母親は、

「お宅の評判を聞くにつけ、客の秘め事を触れ回ることなど、あるまいと存じます」

そう言い切った。

「秘め事というのは、腹の病のことでしょうか」

「病と申しますか」

小梅の不審に、母親は言葉を濁した。すると、

「おっ母さん、灸師さんにはわたしから」

吐き出すような声を発した娘は、

「場所や人前にかかわらず、頻繁に屁をひってしまう病なんです」

思い詰めた顔で症状を告げた。

余りのことに、小梅は声を失った。

「料理屋に行っても、お茶やお花の稽古に行っても、四半刻（約三十分）に一度は催してしまうんです。だから、芝居見物にだって行けないんです。我慢をすればいいのだろうけど、腹が痛くなるし、我慢をした後どうなるかが、怖くて」

娘は、胸に抱えていたことを吐き出した。

「縁談はいくつも舞い込むのですが、整った後の娘のことを考えると、軽々に受け入れるわけにもいかず」

声を詰まらせた母親は、目元を袖で押さえた。

小梅は、「分かりました」と口にすると、

「それは、臓腑の働きが鈍っているか、気の病が関わっているとも考えられます。今日は、腹のツボの中脘（ちゅうかん）、天枢（てんすう）、関元（かんげん）、期門（きもん）、気海（きかい）あたりに灸を据えてみますが、今後据え続けても、それで屁が治まるとは請け合えません」

「分かりました。お願いします」

声を揃えた母と娘は、奇しくも同時に、両手を畳に突いた。

その時、微かにプッと屁の音が弾けた。

小梅が箔屋を後にしたのは、半刻（約一時間）後のことである。

母親同席のもと、娘の腹部や脚にある臓腑の働きを促すツボ、気の巡りを整えるツボに灸を据え、

「とにかく一度、医者に相談してみることをお勧めします」

母と娘にそう念を押して療治を終えたのだった。

小梅が口にしたことは、謙遜でもなんでもなかった。

灸は、痛みや症状を抑えたり和らげたりは出来るが、病を根治するには医者にかかる方がいいのだ。

一朱（約六二五〇円）という破格の療治代を頂いて箔屋の裏口から小路へ出ると、塀を背にして立っていたお園が、

「高砂町の『薬師庵』に行ったら、こちらだと伺いましたので」

小梅に頭を下げた。

「わたしになにか」

「ちょっと、お聞きしたいことがあったもんですから」

お園はそう言うと、

「昨日はどうして、深川の材木問屋『木島屋』に足を向けられたんです」

小梅の顔の動きを見逃すまいとでもいうように、眼を凝らした。

「お前さん、どうしてそのことを知ってるんだい」

返事をするのも忘れ、小梅はお園に不審を投げかけた。

「それは――」

言い淀んだお園は、ほんの少し迷った末に、

「小梅さんには、一度、わたしの話を聞いていただけたらと思ってましてて」

そう口にすると、小梅を窺った。

「話をねぇ」

小梅の呟きに、お園は頷いて答えた。

「今夜でもいいけどね」

「どこへ行けばいいでしょう」

お園に問われた小梅は、深川佃町の居酒屋『三春屋』の名を挙げ、詳しい場所を教えた。

「そしたら、そこで六つ（六時頃）に」

お園は承知した。

「五日前の夜、あんたから預かった布包みを持っていくよ」

「わたしだと、お分かりでしたか」

お園は、掠れた声を洩らして目を瞠った。

「あの時は気付かなかったけど、脱ぎ捨てられていた着物からも渡された布包みからも、伽羅の香りのする鬢付け油が匂ったんだよ。鬢付け油は、髪結いには大事な商売道具だからねぇ」

小梅がそう解き明かすと、お園は小さく苦笑を浮かべた。

八

横座りした小梅の向かいで、お園は膝を揃えていた。

板張りに敷かれた茣蓙(ござ)の上で向かい合っている二人の前には、それぞれ、料理と酒器の載った盆が置いてあり、近くでは行灯(あんどん)がともっている。

板張りの下からは、時々人の笑い声や食器の触れ合う音が届いている。

二人がいるのは、居酒屋『三春屋』の二階である。

『三春屋』を手伝う貞二郎が寝起きをしている八畳ほどの広さの板張りだった。

倅の次郎吉が〈鼠小僧次郎吉〉として獄門に懸けられたのち、住まいを変えざるを得なくなった貞二郎のために、『三春屋』の女将、千賀が二階を空け、自分は店から近い裏店に移り住んでいた。

「少し込み入った話をしたいんだけど」

小梅が、お園とともに店に入るなり千賀にそう言うと、貞二郎の了解も得て、二階へ上がらせてくれたのだ。

「こっちからは顔を出さないから、用があるときは声を」

先刻、酒と料理を運んできた貞二郎からそんな言葉を掛けられたのが、ありがたかった。

「話の前に、お前さんに聞いておきたいことがあるんだけどね」

小梅が少し改まると、お園は心持ち背筋を伸ばした。

「わたしが深川の『木島屋』に行ったってことを、どうして知ってるのかってことだよ。もしかしてお園さん、わたしをつけ回しているのかい」

「つけ回すなんて——たまに日本橋の方に足を延ばす折りがあったり、暇が出来たりしたときは、小梅さんがどうしておいでかと、そっと様子を見に来てましたけど」

お園は、小梅の問いかけに、自分の膝に置いた手を見ながら静かに返答した。

「それはどうしてだい」

小梅の口調が、思わず尖った。

「行く先の知れなかった『錦松』の利世さんが、どこにいるのか捜し出せる手蔓をお持ちのようだし、店立てを巡って、深川の裏店で暴れた博徒の子分たちを痛めつけた上に、家主にねじ込んだというじゃありませんか。そんなことを耳にすると、小梅さんというお人はどういうお方だろうと、気になったんですよ」

そこまで話して一息継いだお園は、ゆっくりと小梅に眼を向け、

「それに、小梅さんの周りには奉行所のお役人様や目明かしもいて、わたしが知らないことまで耳にしておいでのようでしたから」

眼を逸らすことなく小梅の顔色を窺った。

「なるほど」

小梅は呟きを口にすると、

「注いだり注がれたりは面倒だから、手酌だよ」

伝法な物言いをして徳利を摘まみ、自分の盃に酒を注いだ。

それに釣られたように徳利を手にしたお園も、自分の盃に注いだ。

期せずして、階下から男どもの笑い声が轟く。

「それで、わたしに聞いてほしいことっていうのは」

箸を動かし、何度か酒盃を口に運んだところで、小梅が静かに問いかけた。

「闇の商いと言われようがご法度と言われようが、密かに髪結いを続けているのは、

敵討ちみたいなものなんですよ」

「わたしより若いお前さんの口から、敵討ちなんていう言葉が飛び出すとはね」

敵討ちとは穏やかではないが、気負い込むことなく打ち明けたお園の声音には、かえって決意の強さが感じられる。

「わたし、みなし子なんですよ」

微かに笑みを浮かべると、お園は淡々と話を続けた。

髪結いをしていた養母は何人かの弟子を持っていて、お園は八つになった時分から他の弟子に交じって髪結いを覚えたという。

お園が十三になった七年前に養母は病死し、弟子たちは離れて行った。

ただ一人、小夜という三つ年上の姉弟子だけは養母の家に通い、お園に髪結いを教え続けてくれた。

それから三年後。十六になったお園は十九の小夜とともに、髪結いの仕事を始めたのだった。

「仕事を始めた当初はよかったんだけど、二年くらい前から、雲行きがおかしくなったんです。贅沢はいけないとか言われて、女が髪を結うのに白い眼を向けられるようになって、去年はとうとう、女髪結いがご法度になったんです」

お園が話したような世の動きは、小梅も知っていた。

妖艶で華美な衣装などを纏う歌舞伎の世界をやり玉に挙げる幕閣がいて、幕府内でも意見が割れたと聞いている。

「以前から髪結いに通っていたお旗本の娘さんの髪結いをしたことが、お上に知れ、小夜さんは奉行所に呼び出されて、手鎖三十日の刑罰が下されました」

お園の声に、怒りが籠っていた。

手鎖は、牢に入れるほどではない罪に科せられる刑罰で、在宅が許されているということは小梅も知っている。

その期間は三十日、五十日、百日とあり、一人住まいの者にとっては、日々の暮らしにかなりの支障を来すということは、目明かしの下っ引きをしている栄吉から聞いたことがあった。

「まして、病の母親を抱えていた小夜さんにはむごすぎる日々だったに違いないのです」

そう口にしたお園は、手鎖の刑が決まった直後、米や一朱（約六二五〇円）を届けに、小夜の長屋を訪ねたという。

　両手首を鉄製の鎖に繋がれた姿は異様だったが、炊事や洗濯、母親の看病など、両手を気ままに使えない不自由さはあったものの、「なんとかやっている」と、小夜は笑みを見せた。

　だが、買い物などで外に出たとき、人々の好奇の眼が手鎖姿に向けられるのは辛いと、寂しそうに洩らした。

　お園が次に訪ねたのは、五日ばかり後だった。

　たった五日ほどしか経っていなかったのに、小夜は肩を落とし、疲れ果てていた。

　金と卵などを置いて帰ろうとしたとき、

「うちのことはもう気にしないで、自分の暮らしを立てるようにおしよ。ここの住人も親切にしてくれるから、手鎖が取れるまで、お園ちゃん、ここには来ないでね」

　そう言われた通り、お園は小夜の住まいには近づかないようにしたのだ。

　だが、一両日のうちに刑期が終わるという頃に、お園は小夜の長屋に向かった。

　すると、家の中に病の母親の姿はなく、手鎖を付けた小夜がげっそりと痩せた体を板張りに横たえていた。

小夜は、やっとのことで体を起こすと、三日前に母親は死んだと口にした。

弔いは、何人かの心ある住人によって済ませたことが分かった。

「小夜さん、刑期が終わったら、わたしと一緒に暮らそうよ」

お園がそう申し出ると、

「ありがたいわね」

笑みを浮かべた小夜は、髪結いの修練に通っていたお園の養母の家での同居を承知したのだ。

それから三日後、小夜の長屋の大家がお園を訪ねて来て、小夜が死んだと口にした。

豊島(としま)郡東大久保村の、長屋から近い寺の境内で首を吊って死んでいたという。

そこは、小夜の死んだ母の新墓があった寺である。

手鎖三十日の刑期を終えた翌日のことだった。

「わたしも隣り近所のおかみさんたちも、気鬱(きうつ)じゃないかなんて、心配はしてたんだよ。おっ母さんが死んでからはますます、小夜さんから生気が失せていたしね」

大家によれば、この半月ばかり、小夜は金に困っていたという。

貯えがあったのか、しばらくはそれを切り崩していたらしいが、母親の薬代が嵩んで、食費を切り詰める暮らしだった。

かといって髪結い仕事はできないし、手鎖では仕事の口も見つからない。家で手内職をしようにも手先が利かないとなれば、やれる仕事などなかった。

ついには、医者や薬屋、米屋や青物屋からも付けの払いを断られるに至った。

大家や住人たちが小銭を集めたり、米や魚などを持ち寄ったりしたが、小夜は頑なに辞退したという。

「罪人になったわたしに親切にして、万一みなさんにまで難が及んだりしたら申し訳がありませんから」

小夜は、親切には礼を述べながらも、辞退し続けたのだ。

「小夜さんがわたしに、長屋の人たちが親切にしてくれるから、刑期が終わるまで来ないようにと言ったのは、嘘だったんですよ。罪人に近づけば、わたしにまでその累が及ぶんじゃないか、そう思って遠ざけたに違いないんですよ」

そう吐き出すと、お園は唇を強く噛み、

「小夜さんは人の心配まですることなかったんですよ。もっと狡く、図々しく立ち回れたらよかったのに」

怒ってでもいるかのように、残っていた盃の酒を一気に呷った。

小梅は言葉もなく、小鉢の芋をただ見つめた。

「ご法度だから、刑罰を受けたのは仕方ないとは思いますが、髪結いを頼んだお旗本にはなんのお咎めもなかったと知って、わたしはびっくりしたんです。奢侈禁止令には、咎められるのは町人だけで、武士は例外とするという一項目があるのだと知って、驚くやら腹が立つやら、腸が煮えくり返りました」

努めて声を抑えてはいるものの、お園の様子には、怒りを抑えきれない激情が溢れていた。

そこで一旦息を継ぐと、さらに、

「お武家に咎めがないのなら、髪結いを頼んだお旗本は、情状を酌量するようにお役人に働きかけてくれればいいものを、小夜さんのために庇い立てもしなかったんです。これまで、娘の髪結いに小夜さんを招いていたお武家や商家まで知らんふりをしたのも、許せませんでした」

と、心情を打ち明けた。

許せない思いをどう晴らすかを考えた末に、お園は、それらの家に盗みに入ることにしたという。

小夜がどこのなんという顧客を持っていたのか知っていたし、手伝いとしてお園は同行したこともあった。

「その家に忍び込んで贅沢品を盗み出し、そのうち、その品々に、盗み取った日にちと持ち主の名を記したものを付けて、日本橋の高札場に並べてやろうと思って、盗人の真似事をしてるんです」

そこまで語ったお園は大きく息を吐き、袂に仕舞っていた紫色の布包みを眼の前に置いた。

先刻、二階に上がるとすぐ、小梅がお園に返していた布包みである。

「これが、あの夜、お屋敷に忍び込んで盗んだ品なんです」

お園がゆっくりと布包みを開くと、小梅も見覚えのある銀の簪や塗りの櫛があった。

「なるほど」

呟いた小梅は自分の徳利を摑み、

「ひとつ」

お園に勧めると、素直に酌を受け、お園も徳利を差し出してきた。

小梅もお園の酌を受けると、二人は軽く盃を掲げた後、口を付けた。

階下からの人の話し声に混じって、水のぶつかる音も微かに聞こえる。

大島川を行く船が立てた波が、川岸にぶつかる音かもしれない。

「わたし、料理屋『錦松』には、すまないことをしたんじゃないかと思ってるんですよ」

お園が、ため息交じりにそう呟くと、

「小梅さんは、千住に行った時、女中だったお里さんからお聞きでしょ。浅草の『錦松』に役人の手が入ったとき、目明かしがお里さんに女髪結いの名を問い詰めたってこと。この前、千住に行った時、目明かしのことを小梅さんにも話したと聞かされました」

とも打ち明けた。

確かに、お里から聞いていたものの、小梅は、お園には黙っていたのだ。

「目明かしがお里さんに尋ねた女髪結いというのは、わたしのことに間違いありません」

「だろうね」

小梅がそう返事をすると、

「ということは、奉行所は前々から、目明かしに見張らせていたか、客に成りすました誰かを『錦松』の中に入れてたってことです」

お園の推測に間違いはなかった。

客に成りすまして料理屋『錦松』に入り込んでいたのが『賽の目の銀二』という、元博徒らしいことは推測出来ているが、お園には伏せた。

「『錦松』を陥れたのが奉行所であろうと、もっと上の方々であろうと、わたしは意地を通してみせようと思ってましてね」

「意地っていうと」

小梅は、徳利に伸ばしかけた手をふっと止めた。

「お上から禁止されてる髪結い稼業を、役人の眼を狡くかいくぐって、吠え面をかかせることですよ。そのうちいつか、改革とやらを推し進めるお城のご重役どもに、

『ざまぁ見やがれ』と唾を引っかけてやろうかと思ってます」

そう言ったお園の顔に、微かだが不敵な笑みが浮かんだ。

「気持ちはわかるけどお園さん。妙に気負い込んで、義賊を気取っちゃいけないよ」

小梅の声は穏やかで、決して咎めるような響きはなかった。

だが、

「なにもそんなこと」

お園は気分を害したような声を洩らして、眉間に小さく縦皺を刻んだ。

「さっき、ここに酒や料理を運んできた下働きの貞二郎さんには、わたしより二十も年上の倅がいて、兄さん兄さんて呼んで、わたしは懐いてたんだよ」

小梅が話を変えると、お園は訝し気な眼を向けた。

「十年くらい前だけど、その時分、鼠小僧といわれてる盗人が世間を騒がせていてね」

「話には聞いたことがあります」

そう言うと、お園は小さく頷いた。

「お武家の屋敷に忍び込んではお金を盗むって話が広まって、鼠小僧は世間から持ち上げられてたよ。それでわたしは、兄さんに言ったんだ。鼠小僧は義賊だねって。そうしたら、珍しくきつい顔をして、あれは、ただの盗人だよって言い返された。お上の理不尽に屁のひとつもひっかけてやりたい意地はあるんだろうが、義賊なんかじゃねぇ。博奕(ばくち)好きのただの盗人だと、最後は、怒ったような顔つきをしてた」

小梅の話を、お園は黙って聞いている。

「鼠小僧がお縄になったのは、その翌年だったんだ。そん時、鼠小僧っていう二つ名を持つ盗人の正体が、中村座の木戸番を務めている貞二郎の倅、次郎吉だってことを知ってしまったのさ」

「え」

お園が、詰まったような声を発した。

「ここの下働きの、貞二郎さんの倅だよ。そして、ここの女将の千賀さんは、次郎吉兄さんとは恋仲だった」

小梅の話を聞いたお園の口から、「えっ」という驚きの声が洩れた。

「今になって思うんだけど、人から物を盗むのは、ただの盗人だって、次郎吉兄さんは自分をそう見てたんだよ。義賊だなんて言われても決して思い上がっちゃいけないって、そうやって、自分を戒めてた気がするんだ」

事を分けた小梅の話を聞いて、お園は「ええ」と頷き、

「わたし、何も義賊になろうというつもりはありません。さっきも言った通り、改革を推し進めた幕府のお偉方に一泡吹かせてやりさえすれば、それが小夜姉さんの仇討ちにもなると思ってます」

そう言うと、背筋を伸ばした。

小さく頷いた小梅が、自分の盃に徳利を傾けると、酒を注ぐ音が思いのほか高く響き渡った。

客が減ってきたのか、階下は静かになっている。

「この前、千住に行った時、利世さんから聞きましたけど、市村座の床山をしてらした小梅さんのお父っつぁんは、去年の大火事で亡くなられたそうですね」

「うん」

小梅は小さく頷いて、盃に口を付けた。

「こんなことを言うのはなんですけど、葺屋町や堺町を焼いた去年の火事は、改革

を進める老中の水野や南町奉行の鳥居耀蔵にすれば、渡りに船だったんでしょうね」

「というと」

運びかけた盃をとめて小梅が尋ねると、

「世間の風紀を乱す元だなんて言ってたくらいですから、芝居小屋をお城の近くから浅草に追いやって、せいせいしたに違いありませんよ」

お園はそう断じた。

政(まつりごと)の有り様にまで眼を向けているお園の物言いに、小梅は瞠目(どうもく)した。降りかかった罪科に気を病んだ姉弟子の死が、お園の関心を政に向けさせたのだろうか。

小梅が、手にしていた盃をゆっくりと口に運んだ時、鐘の音が届いた。

深川佃町からも近い、永代寺の時の鐘に違いなかった。

お園と話を始めてから、いつの間にか一刻（約二時間）が経っていた。

九

北町奉行所の同心、大森平助の役宅は、八丁堀の北島町にあった。

肥後熊本藩、細川家下屋敷の道を挟んだ東側に位置していた。

小梅が大森の役宅を訪ねるのは、初めてのことだった。

しかし、訪ねたいと言い出したのは小梅である。

「同心の大森様が非番の日に、役宅を訪ねてお話を伺いたいので、その都合を聞いてくれないか」

昨日の朝早く、下っ引きの栄吉に頼んでいたのである。

「どこかの自身番じゃ駄目なのかよ」

栄吉から不審を向けられた小梅は、

「自身番には、町役人か雇われた人が必ず詰めてるじゃないか。その人たちの傍で話せるようなことじゃないもんだからさ」

そう言い含めていた。

「明朝五つ半（九時頃）に、役宅に来てもらいたい」

大森からの返事は、その日の午後になって、栄吉からもたらされたのである。

居酒屋『三春屋』でお園と会った夜から、二日後のことだった。

役宅の表で声を掛けると、竹箒を手にした小柄な老爺が門から出てきた。

「旦那様から伺っております」

門の内に通されたあと、先に立った老爺に続いて植栽の庭を通り抜けて、建物の縁近くに案内された。

「しばらくお待ちを」

老爺が建物の裏に回って行くと、待つほどのこともなく足音がして、大森が縁に現れた。

「今日は、無理を聞いていただき、まことにありがとうございます」

小梅は深々と腰を折った。

「ほう。出療治の出で立ちだな」

大森は、笑みを浮かべて縁に胡坐をかいた。

「療治がなくても、外出のときは裁着袴を穿いた方が動きやすいものですから、近頃はもっぱらこの装りで通しております」

　小梅は小さく頭を下げた。

「で、おれに聞きたいことというのは、なんだい」

「はい」

　小さく声を出した小梅は、ほんの少し逡巡したが、

「南町のお奉行、鳥居耀蔵様のことをお教え願いとう存じます」

　そう言うと軽く頭を下げ、大森の反応を窺った。

「ほう。鳥居様のなぁ」

　呟くような声を出した大森は、

「鳥居様の何が知りたい」

　心なし鋭い声を発して、小梅に眼を凝らした。

「華美な祭礼をはじめ、風紀の紊乱(びんらん)に目くじらを立てたり、いつだったか、北町奉行所の大森様たちから死人の調べを横取りしたり、町人の奢侈贅沢に厳しい南町奉行の鳥居様とは、どのようなお方かと気になったのでございます。そのうち、灸を据えるのも贅沢だなどと言われてはかないませんので」

「なるほど」

そう口にして笑った大森は、つるりと顎のあたりを片手で撫で、

「鳥居様は、幕府の大学頭(だいがくのかみ)を務めた儒学者、林述斎(はやしじゅっさい)様の三男にあたられる。しかし、武家の習いで、三男では林家は継げぬ。おれが聞いた話じゃ、文政期(1818〜1830)の初め頃、旗本の鳥居家の婿養子となって、二千石だか二千五百石だかの家督を継いだということだ」

そうして鳥居となった耀蔵は、幕府の中奥(なかおく)番を振り出しに、徒頭(かちがしら)、西の丸目付、目付、勝手掛(がかり)と出世したと、大森は大まかに説いた。

そして、

「おれが傍にいて直に見聞きしたわけではなく、あちこちから聞いたことだが」

そう前置きをして、話を続けた。

「その後だよ。天保の五年(1834)に水野忠邦様が本丸の老中になられてから後、鳥居様に追い風が吹き始めたようだ」

綱紀粛正(こうきしゅくせい)、奢侈禁止を標榜(ひょうぼう)して改革を進める水野忠邦の先棒(さきぼう)となった鳥居耀蔵は、

まるで〈妖怪〉のように、市中取り締まりに奔走したのだと大森は述べた。

さらに、

「そりゃそうだろう。規範とか道徳とか身分に伴って守るべき本分を重んずる儒学が染み付いている林家三男の鳥居耀蔵様にすれば、町人どもの放埒（ほうらつ）な生き様は許しがたいことかもしれん。ことに、芝居に取り上げられる情死や好色もの、主人公の悪が喝采を浴びるような歌舞伎芝居なんぞは、退廃の極みに映ったであろうよ」

そう語って、大森は息を継いだ。

そして大森は、大鉈（おおなた）を振るおうとする鳥居耀蔵に異論を向けたのは、北町奉行の遠山金四郎景元（きんしろうかげもと）だと打ち明けた。

町人たちの楽しみを悉（ことごと）く奪えば、幕府に不満が向けられることになる——そんな意見が、北町奉行の遠山景元などから出て、鳥居耀蔵は振り上げた大鉈をおろしたという。

「だがな、鳥居様は遠山様との対決姿勢を崩したわけじゃねぇんだよ」

話の最後で、大森は意味深な物言いをした。

もしかしたら、奉行同士の確執は、南北の奉行所間の対抗心をも生んでいると言いたかったのかも知れない。

十

道具箱を提げた小梅は、霊岸島新堀に架かる湊橋を渡った。

出療治の行先は、大川の西岸の大川端町だった。

八丁堀の同心、大森の役宅を訪ねてから二日が経った午後である。

『灸据所　薬師庵』に出療治の依頼があったのは、昼前だった。

その依頼を受けたお寅は、小梅が療治の客を送り出すとすぐ、

「向こうさんは、女の灸師を頼むと言うから、久しぶりにあたしが出向いてみようかとも思ったんだよ」

と、浮かれたような物言いをしたので、

「お行きよ。たまには出療治もいいもんだよ」

小梅は素直に勧めた。すると、

「お前、あたしを働かして自分はのんびりしようという魂胆だね」

お寅が豹変したのだ。

「そりゃね、大川端町には料理屋や船宿もあるし、大店の別邸なんかも建っていてなかなかの風情だよ。だけどさ、療治に行く場所がちょっとねぇ」

顔をしかめたお寅は、療治を頼みに来た使いの男の話に気が乗らないのだと言ったのだ。

場所は大川端町の小さな隠居所で、『志の田』という料理屋の隣りにあり、入口の脇に『木瓜庵』と書かれた表札が掛かっているということだった。

「あたしゃ、そのボケってのが引っ掛かるんだよ。隠居所でボケとくりゃ、相手はどうみたって足腰の弱った爺さんだ。隠居所とはいいながら、庵というからには、草ぼうぼうの炭焼き小屋と思った方がいい。あたしゃ遠慮するから、お前、行っといで」

お寅の我儘には慣れている小梅は、すんなりと受けた。

塩昆布を載せた朝の残りの冷や飯に、熱い茶を掛けたものを昼餉にした後、大川端町へと足を向けていたのである。

霊岸島新堀に沿った道を東へ向かうと、豊海橋の少し先で大川の岸辺に突き当たる。

その角を右に折れて稲荷河岸を南に行くとすぐ、先月の末、清七と最後に会った船宿『藤栄』があった。

小梅は、その建物を一瞥し、ゆっくりと通り過ぎた。

『木瓜庵』という表札の掛かった隠居所は、稲荷河岸の南端、新川に架かる三ノ橋の袂にあった。

その建物は一部、二階家になっていた。塀を巡らされた敷地の中には竹や松などが植えられていて、隠居所というより別邸という趣が漂っていた。

門から入って声を掛けると、女中と思しき初老の女が戸を開けて、丁寧に招じ入れてくれた。

小梅は、女中に続いて廊下を進み、三畳ほどの小部屋に通された。

「使いの者がそちらさまから聞いた通り、部屋を温め、畳には薄縁を敷いておきました」

そう述べた女中は、隣室の襖を開けて小梅を中へと導く。

十畳はある隣室は、閉め切られた障子に外光が映っていて、結構な明るさだった。

敷かれた薄縁には、袷を着た髷の侍がすでにうつ伏せになっており、近くの火鉢に掛かった鉄瓶は湯気を立ち昇らせていた。

「かい様、灸師さんが参りましたが」

女中が声を掛けると、

「ん」

うとうとしていたらしい侍から声が洩れた。

「灸を据える都合もありますので、気懸りなことをお教え願います」

「第一に、頭が重い。それに首も凝る」

小梅の問いかけに対して、四十を超していると思われる侍の返答は要点だけだったが、率直なだけで、ことさら乱暴な物言いではなかった。

「承知しました。まずは、頭の方から据えさせていただきますので」

小梅は、道具箱から取り出した手拭いを広げて、侍の襟を巻くようにして折りこむと、火鉢の炭で線香に火を点け、線香立てに立てる。

「では、わたしは」

軽く頭を下げて、女中は部屋を出て行った。

「では、始めさせていただきます」

小梅は艾を指で摘まむと、うなじにある『天柱』というツボに置き、火を点けた。

そこに五回ほど据えたあとは、すぐそばにある『風池』にも同じ数の灸を据えることになる。

〈かい〉という侍は口数が少ないのか、寝入っているのか、艾の熱さに対してなんの反応もない。

うつ伏せになって眼を閉じている侍の横顔は、どこか張り詰めているようにも思われる。数えきれないほどの人たちを療治してきた小梅は、当たっているかどうかは知らないが、その人の気性がなんとなく感じ取れるようになっていた。

〈かい〉という侍は、豪胆なようで、細かい人かも知れない。

頭が重いのも、首が凝るのも、気疲れが影響していることが多いのだ。

『木瓜庵』という隠居所の十畳間は静まり返っている。

時々、大川を上り下りする船の櫓を漕ぐ音がし、表通りからは物売りの口上が聞こえ、それが遠のいていった。

首の『肩中愈』や『百労』、肩の『肩井』などに灸を施しているうちに、侍からは微かな寝息が聞こえていた。

起こすことなく据え終わると、小梅は療治の道具を片づけ始めた。

据え始めてから、およそ半刻（約一時間）ばかりが経っている。

道具箱を片付け終えた時、襖がそっと開かれた。

小梅が唇に指を立て、うつ伏せの侍を指し示すと、女中は小さく頷き、

「あちらで、旦那様がお待ちです」

囁くような声で告げた。

道具箱を提げた小梅は、十畳間を出ると、女中に続いて廊下を進み、火鉢の置かれた六畳ほどの部屋に通された。

女中が去ってほどなく、大店の主らしい小柄な男がにこやかに入ってきて、小梅の向かいに膝を揃えた。

「あ」

思わず出しかけた声を、小梅は呑み込んだ。

五十代半ばの老爺は、先日、材木問屋『木島屋』から四手駕籠に乗っていった白

髪の男だった。

「これは、灸の代金だよ」

穏やかな顔つきの老爺は、畳に置いた紙に一分（約二万五〇〇〇円）を置いた。

「お代にしては多すぎますが」

「まぁいいじゃないか。急な頼みにも拘わらず来てくれた、その礼も含めてだよ」

「では遠慮なく」

軽く頭を下げると、紙に包んだ一分を袂に入れた。

「いまさっき、わたしの顔を見て、声を出しかけたようだが」

「ええ。何日か前、深川の材木問屋『木島屋』さんに行ったおり、駕籠に乗った旦那さんを見かけたものですから」

正直に打ち明けると、

「あぁ。だったらわたしも正直に言うと、『灸据所　薬師庵』の女灸師さんのことは、『木島屋』の甚兵衛から聞いていたんですよ。土地の博徒の子分を叩きのめすほどのお人だってね。それで、頭が重い、首も凝ると客人が仰るもので、呼んでみたのだよ」

老爺はにこやかな顔で答えた。

「わたしも、甚兵衛と同業の材木問屋でして、『日向屋』の勘右衛門というものです」

「わざわざ恐れ入ります。それじゃ、わたしはこれで」

小梅が頭を下げて腰を上げると、

「また頼みますよ」

にこやかな表情の老爺から、そんな声が掛かった。

十一

『木瓜庵』という隠居所を後にした小梅は、もと来た道を引き返していた。

大川端町の北端で左に曲がった時、豊海橋の袂に立っていたお園が、

「『薬師庵』に行ったら、こちらだと聞きましたので」

そう言って、小さく会釈した。

「何ごとだい」

「小梅さんに、見てもらいたいところがありまして」

「なんだい」

「今から、深川に付いてきてくれませんか」

思い詰めたようなお園の顔つきを見て、小梅は同行を承知した。

豊海橋から北新堀河岸に渡った二人は、永代橋を深川へと向かった。

橋を渡り終えたお園は、小梅もよく知っている道筋を進み、深川相川町の川端に出た。

「これは」

小梅は、驚きの声を上げた。

屋根屋の吾平一家が住んでいた『小助店』は跡形もなく消え、辺り一帯は更地になっているのだ。

「この『木島屋』の土地には、同じ材木問屋『日向屋』の別邸が建つそうですよ」

静かだが、お園の物言いには冷ややかな響きがあった。

「さっき、小梅さんが療治に行った『木瓜庵』というのは、『日向屋』の持ち物なんです」

お園の口から続けざまに飛び出した事柄に、小梅は辛うじて頷き、

「それは知ってる。療治代を『日向屋』の主の勘右衛門からもらったばかりだよ」

掠れた声で返答した。

小梅が呼ばれたのは、材木問屋『木島屋』の主、甚兵衛から、『油堀の猫助』の子分を痛めつけた女灸師の話を聞いた勘右衛門が、面白がった末の思い付きに違いないと伝えると、

「そうですか。小梅さんが、『日向屋』の勘右衛門に灸をねぇ」

お園は、声を殺して面白そうに笑った。

「わたしが灸を据えたのは、客人だったけどどね」

そう返答した小梅は、体を大川に向けた。

「それにしても、向こう岸には『木瓜庵』というものがありながら、『日向屋』はよりによって、こんな水はけの悪い土地にどうして別邸を作る気になったのかねぇ」

「なぁに。ここを掘り起こして大小の石を敷き詰めた末に、土地をかさ上げした『木島屋』が、『日向屋』に差し出す手はずになっているようです」

お園は、さらりと言い放った。

そんなお園に眼を向けたものの、小梅は言うべき言葉もなかった。

「『木島屋』が大金を注ぎ込むくらい、『日向屋』の力は侮れないということの証ですよ」

淡々と言い切ったお園の言葉に、小梅の口からは小さなため息が洩れた。

対岸の大川端に『木瓜庵』という隠居所がある。にも拘わらず、勘右衛門は深川の相川町にも別邸を作るという。

「『日向屋』は、ここに建てる別邸に女を住まわせるのかもしれないね」

小梅は、冷ややかに言い放った。

「勘右衛門はいい年ですけどね」

お園から異議が差し挟まれたが、小梅は、

「男は、年をとっても傍に女を置きたがるもんらしいよ」

そう断じた。

「へぇ」

小さな声を洩らしたお園が、小梅と並んで大川に体を向けた。

「だけど、江戸で指折りの材木問屋の『日向屋』と、博徒の親分を顎で動かす深川の『木島屋』が繋がっているなんて、世の中には、面白いことが転がってるもんだねぇ」

小梅が関心を示した。

「『日向屋』にしても『木島屋』にしても、火事になれば儲かる材木屋というのも面白いとは思いませんか」

物騒な言葉を口にしたお園に、小梅は思わず眼を向けた。

「『錦松』の利世さんから、一年前の火事で小梅さんがお父っつぁんを亡くされたと聞いてます。だけど、あの火事が、どうして中村座が火元になったのか、未だに分からないというじゃありませんか。小梅さんはそのこと、気になりませんか」

お園から問いかけられた小梅は、なんと答えればいいのか考えあぐねてしまった。

「どうです。あの火事の裏に何があったのか、わたしと一緒に調べてみませんか」

そう訴えるお園の顔付きは真面目そのものである。

「気になることはいろいろあるけど、お前さんと組んで調べようとは思わないよ」

小梅はそう言い切った。

気になることがあるというのは、嘘ではない。

一年半前、清七に近づいた扇屋の才次郎は行方をくらまし、中村座の楽屋に泊めた辰治と名乗った大工は、大火事の日に消息を絶った。

その辰治と思える博徒の子分『賽の目の銀二』はこの十月に、刺し殺された死体となって大川から引き上げられ、その真相を探ろうとした清七までもが、死んだのだ。

気にならないわけはなかった。

「わたしはねお園さん、盗人の真似事をする人と組む気はありませんよ。ただ、このところ身の回りでわけの分からないことが立て続けに起きているのが、気になるといえば気にはなってます。だから、調べることに否やはないけれど、でもそれは別々のやり方でやりましょうや。ね」

小梅は努めて穏やかに諭した。

すると、一瞬がっかりした顔を見せたが、お園は大きくゆっくりと頷いた。

「それじゃ」

声を掛けると、小梅は永代橋の方へと歩き出す。

しばらく歩を進めてから耳を澄ましたが、お園が付いてくるような足音は聞こえない。

船を漕ぐ櫓の、軋む音だけが日の傾いた空に響き渡った。

本書は書き下ろしです。

小梅（こうめ）のとっちめ灸（きゅう）

金子成人（かねこなりと）

令和4年6月10日　初版発行
令和4年6月25日　2版発行

発行人――石原正康
編集人――高部真人
発行所――株式会社幻冬舎
〒151-0051東京都渋谷区千駄ヶ谷4-9-7
電話　03(5411)6222(営業)
　　　03(5411)6211(編集)
公式HP　https://www.gentosha.co.jp/
印刷・製本―株式会社　光邦
装丁者――高橋雅之

幻冬舎時代小説文庫

ISBN978-4-344-43200-0　C0193　か-48-5